COLLECTION FOLIO

Jean d'Ormesson
de l'Académie française

Et toi mon cœur pourquoi bats-tu

Gallimard

Jean d'Ormesson, de l'Académie française, ancien élève de l'École normale supérieure, agrégé de philosophie, a écrit des ouvrages où la fiction se mêle souvent à l'autobiographie : *Du côté de chez Jean, Au revoir et merci, Le vagabond qui passe sous une ombrelle trouée, C'était bien* ; une biographie de Chateaubriand : *Mon dernier rêve sera pour vous* ; et des romans : *La gloire de l'Empire, Au plaisir de Dieu* (qui a inspiré un film en six épisodes, l'un des succès les plus mémorables de la télévision), *Dieu, sa vie, son œuvre, Histoire du juif errant, La Douane de mer, Presque rien sur presque tout, Casimir mène la grande vie, Le rapport Gabriel* et *Voyez comme on danse.*

AVERTISSEMENT

Disons d'abord ce que ce livre n'est pas : il n'est pas, il n'est en aucune façon une anthologie de plus de la poésie — ou de la littérature — française. De Gide ou Eluard à Suzanne Julliard, la dernière-née, plusieurs anthologies m'ont donné du bonheur. Et je leur dois beaucoup. Mon projet est différent.

Il y a deux catégories d'anthologies : des anthologies de type universitaire, qui se piquent d'une objectivité toute relative et qui passent en revue, sur les quelque mille ans de notre histoire littéraire, les genres, les écoles, les styles, les génies et les talents ; et puis, personnelles et partisanes, les anthologies d'humeur qui, en tout arbitraire, s'efforcent d'imposer une conception métaphysique, éthique, esthétique, et parfois politique, de la littérature.

Les deux formules ont leurs charmes et leurs périls. La première est plus honnête, la seconde est plus excitante. La première est plus utile et risque de tomber plus souvent que de raison dans quelque chose qui ressemble à l'ennui ; la seconde est toujours neuve, amusante, mirobolante — et, par définition, d'une profonde injustice.

Chacune des deux pose des problèmes qui n'ont pas de solution. Modèle de toute critique d'humeur, l'*Introduction à la poésie française* de Thierry Maulnier pousse le genre qu'elle illustre jusqu'à la caricature. Emportée par une hostilité ouverte au romantisme, négligeant une foule de beautés et de bonheurs très dignes à l'évidence de retenir l'attention, elle ne conserve, par exemple, de *Booz endormi*, et en fait de toute l'œuvre immense de Hugo, que des fragments déchiquetés et épars :

Quel dieu, quel moissonneur de l'éternel été...

Moins révoltante, moins gaie aussi, sérieuse et souvent terne jusqu'à la grisaille, l'anthologie traditionnelle se réclame en vain de moins de partialité. Choisir suppose toujours une échelle de valeurs — plus ou moins occultée. Irrévérencieuse et provocatrice, la critique d'humeur l'affiche ; répétitive et chafouine, la critique universitaire la dissimule avec soin. D'un côté, les casseurs d'assiettes ; de l'autre, les conformistes et les passeurs de ponts aux ânes.

Le présent recueil n'a rien d'une anthologie de l'une ou de l'autre sorte. Il ne prétend pas balayer l'ensemble de la poésie française ; il ne véhicule pas la moindre idéologie. Il ne relève ni d'une apparente objectivité ni d'une vision biaisée des œuvres ou des hommes. Il n'entre dans aucun débat. Il ne se cherche ni excuses ni justification. Aussi loin de l'érudition que du combat des idées, il ne tend ni à convaincre ni à polémiquer. Il est déplorablement dépourvu de toute espèce de volonté fractionnelle ou totalisatrice. Il n'aspire à rien d'autre qu'à donner un peu de plaisir, et peut-être d'émotion, à ceux qui le liront.

La même modeste ambition animait les portraits d'écrivains que j'ai regroupés naguère sous le titre : *Une autre histoire de la littérature française*. J'ai toujours pensé que la littérature et les écrivains n'appartenaient pas aux professeurs et aux politiques qui les séquestraient indûment. Ici comme ailleurs, aujourd'hui comme hier, j'ai essayé, dans la mesure de mes moyens, de dépoussiérer les œuvres qui chantent dans nos mémoires depuis l'enfance et l'école, de les débarrasser de la gangue des routines officielles et de la rouille du temps, et de les rendre au public aussi vivantes que possible.

Si les vers et les textes ici présentés ne relèvent ni de l'anthologie traditionnelle ni de l'anthologie d'humeur, une question se pose aussitôt : comment diable ont-ils été choisis ? La réponse est d'une simplicité consternante : ce sont les proses et les poèmes que je connais — ou connaissais — par cœur, le plus souvent en bribes, parfois d'un bout à l'autre. Ce qui figure dans ces pages, ce sont des mots qui ne sont pas de moi et qui valent mieux que moi, mais qui, à force de familiarité, d'admiration, d'une répétition intérieure proche de la rumination, ont fini par se confondre avec moi et qu'il m'arrive de dire au soir quand il tombe sur la ville, sur la campagne, sur la neige ou au matin qui se lève sur la mer. Ils tournent, pour la plupart, autour de ces passions où se mêlent l'âme et le corps et qui nous donnent à la fois tant de bonheur et tant de souffrance. Et toi mon cœur pourquoi bats-tu.

Aucun principe politique ou esthétique n'a présidé à mes choix. Ils n'ont pas d'autres critères que le hasard, des lectures erratiques, des rencontres de fortune et une vision personnelle que, peu doué pour la propagande, je n'ai aucune intention d'imposer à personne. Il y a de tout dans ces pages qui n'ont pas la moindre prétention à couvrir l'ensemble de notre littérature et la débordent ici ou là. Il y a des chansons, des prières, des cantiques, des maximes et des professions de foi — souvent contradictoires. Il y a surtout des poèmes. Ou, le plus souvent, des fragments de poèmes : même Péguy, même Hugo ont leurs faiblesses et leurs longueurs. Il y a ce qui, tout au long d'une vie déjà longue, m'a plu, intéressé, ému, d'une façon ou d'une autre, dans un sens ou dans l'autre, ne fût-ce que l'espace d'un instant.

Je ne confonds pas dans un brouillard où toutes les vaches seraient grises les noms de ceux que je cite. Je ne mets pas sur le même plan Bossuet et Jean-Baptiste Clément, l'auteur du *Temps des cerises*, je mesure la distance entre Chateaubriand et Levet ou le charmant Tristan Derème. Chacun de nous se livre à des activités d'ordre divers qui ne tiennent pas dans sa vie la même place ni la même importance. Il en est ainsi des textes qui constituent ce recueil. J'ajouterai que l'ironie à leur égard peut se mêler à la tendresse et qu'il est permis, et parfois même nécessaire, de se défendre contre ce qu'on aime.

Je me suis demandé dans quel ordre ranger ce grand désordre. Pour ce que je souhaitais faire, l'ordre chronologique ne s'imposait pas avec évidence. Adopté notamment par Jean-François Revel pour son anthologie à beaucoup d'égards excellente, l'ordre alphabétique des auteurs m'a paru d'abord séduisant parce qu'il rompait avec la routine, et, en fin de compte, pour mon projet au moins, arbitraire et assez peu convaincant. Un classement par thèmes m'a semblé scolaire et pédant. J'ai fini par me rallier à une absence d'ordre logique et par présenter dans le désordre, en vrac, comme ils me venaient à l'esprit et au cœur — avec pourtant, peut-être, un dessein si nonchalant, changements de lumière, passage du temps, résonances, contrepoints, que mieux vaut ne pas en parler et qu'au fil des pages chacun découvrira —, ces mots ailés aux lecteurs.

Il me reste à espérer que le public partagera mon goût hasardeux et toujours contestable et que les refrains perdus et retrouvés dans ma mémoire lui donneront, de temps en temps, parfois gai, parfois triste, le même bonheur qu'à moi-même.

J'ai parlé de plaisir. J'ai parlé d'émotion. Jusque dans les vers et les proses les plus simples de ce livre, il y a encore autre chose, et de plus mystérieux : une élévation, une hauteur, une sorte d'appel vers ailleurs. « La littérature, écrit Pessoa, est la preuve que la vie ne suffit pas. » Ce petit livre essaie de rendre la vie un peu plus belle. Je crois que la littérature est un plaisir et que ce plaisir se situe si haut qu'il nous transforme de fond en comble.

Et toutes les âmes intérieures des poètes sont amies et s'appellent les unes les autres.

PROUST

Les mots du poète conservent du sens même lorsqu'ils sont détachés des autres et plaisent isolés, comme de beaux sons. On dirait des paroles lumineuses, de l'or, des perles, des diamants et des fleurs.

JOUBERT

LES MATINS DE PRINTEMPS

Je n'avais pas douze ans qu'au profond des vallées,
Dans les hautes forêts, des hommes reculées,
Dans les antres secrets, de frayeur tout couverts,
Sans avoir soin de rien, je composais des vers.
Je n'avais pas quinze ans que les monts et les bois
Et les eaux me plaisaient plus que la cour des rois.

Ronsard

Dès ma première enfance, la poésie a eu cela de me transpercer et transporter.

Montaigne

La parole, Ronsard, est la seule magie.

Ronsard

Honneur des hommes, saint LANGAGE,
Discours prophétique et paré,
Belles chaînes en quoi s'engage
Le dieu dans la chair égaré.
Illumination, largesse !
Voici parler une Sagesse
Et sonner une auguste Voix
Qui se connaît quand elle sonne
N'être plus la voix de personne
Tant que des ondes et des bois.

Valéry

Chanson

Quand j'entends la douce voix
Par les bois
Du gai rossignol qui chante,
D'elle je pense jouir
Et ouïr
Sa douce voix qui m'enchante...

Quand je vois dans un jardin
Au matin
S'éclore une fleur nouvelle,
J'accompagne le bouton
Au téton
De son beau sein qui pommelle.

Quand le soleil tout riant
D'orient
Nous montre sa belle tresse
Il me semble que je vois
Devant moi
Lever ma belle maîtresse.

Quand je sens parmi les prés
Diaprés
Les fleurs dont la terre est pleine,

Lors je fais croire à mes sens
Que je sens
La douceur de son haleine.

Je voudrais, au bruit de l'eau
D'un ruisseau,
Déplier ses tresses blondes,
Frisant en autant de nœuds
Ses cheveux
Que je verrais friser d'ondes.

Je voudrais, pour la tenir,
Devenir
Dieu de ces forêts désertes,
La baisant autant de fois
Qu'en un bois
Il y a de feuilles vertes.

Ha! maîtresse, mon souci,
Viens ici.
Viens contempler la verdure!
Les fleurs de mon amitié
Ont pitié,
Et seule tu n'en as cure...

Pour effacer mon émoi,
Baise-moi,
Rebaise-moi, ma déesse!
Ne laissons pas passer en vain,
Si soudain,
Les ans de notre jeunesse.

Ronsard

Le vrai trésor de l'homme est la verte jeunesse,
Le reste de nos ans ne sont que des hivers.

Ronsard

Ah ! jeunesse !... jeunesse !...
Passez-moi la bouteille.

Conrad

La Solitude

Corinne, je te prie, approche ;
Couchons-nous sur ce tapis vert ;
Et pour être mieux à couvert
Entrons au creux de cette roche...

D'un air plein d'amoureuse flamme,
Aux accents de ta douce voix,
Je vois les fleuves et les bois
S'embraser comme a fait mon âme.

Si tu mouilles tes doigts d'ivoire
Dans le cristal de ce ruisseau,
Le dieu qui loge dans cette eau
Aimera s'il ose en boire.

Présente-lui ta face nue,
Tes yeux avecque l'eau riront
Et dans ce miroir écriront
Que Vénus est ici venue...

Entends ce dieu qui te convie
À passer dans son élément,
Ois qu'il soupire bellement
Sa liberté déjà ravie...

Approche, approche, ma Dryade !
Ici murmureront les eaux,
Ici les amoureux oiseaux
Chanteront une sérénade.

Prête-moi ton sein pour y boire
Des odeurs qui m'embaumeront ;
Ainsi mes sens se pâmeront
Dans les lacs de tes bras d'ivoire.

Ma Corinne, que je t'embrasse !
Personne ne nous voit qu'Amour ;
Vois que même les yeux du jour
Ne trouvent point ici de place.

Viau

Je m'éveille le matin avec une joie secrète, je vois la lumière avec une espèce de ravissement. Tout le reste du jour, je suis content.

Montesquieu

Tout le bonheur des jours est dans leurs matinées.

Malherbe

Marie, levez-vous, ma jeune paresseuse :
Jà la gaie alouette au ciel a fredonné
Et jà le rossignol doucement jargonné,
Dessus l'épine assis, sa complainte amoureuse.

Sus ! debout ! allons voir l'herbelette perleuse
Et votre beau rosier de boutons couronné
Et vos œillets mignons auxquels aviez donné,
Hier au soir, de l'eau d'une main si songeuse.

Harsoir en vous couchant vous jurâtes vos yeux
D'être plus tôt que moi ce matin éveillée ;
Mais le dormir de l'aube, aux filles gracieux,

Vous tient d'un doux sommeil encor les yeux sillée.
Çà ! çà ! que je les baise et votre beau tétin
Cent fois pour vous apprendre à vous lever matin.

Ronsard

Le Matin

L'aurore sur le front du jour
Sème l'azur, l'or et l'ivoire,
Et le soleil, lassé de boire,
Commence son oblique tour...

La lune fuit devant nos yeux;
La nuit a retiré ses voiles;
Peu à peu, le front des étoiles
S'unit à la couleur des cieux...

Une confuse violence
Trouble le calme de la nuit,
Et la lumière avec le bruit
Dissipe l'ombre et le silence...

Il est jour: levons-nous Philis;
Allons à notre jardinage
Voir s'il est, comme ton visage,
Semé de roses et de lis.

Viau

La Belle Matineuse

L'aurore déployait l'or de sa tresse blonde
Et semait de rubis le chemin du soleil;
Enfin ce dieu venait au plus grand appareil
Qu'il soit jamais venu pour éclairer le monde...

Quand la jeune Philis au visage riant,
Sortant de son palais plus clair que l'orient,
Fit voir une lumière et plus vive et plus belle.

Sacré flambeau du jour, n'en soyez pas jaloux:
Vous parûtes alors aussi peu devant elle
Que les feux de la nuit avaient fait devant vous.

Malleville

L'amante de Céphale entr'ouvrait la barrière
Par où le dieu du jour monte sur l'horizon;
Et, pour illuminer la plus belle saison,
Déjà le clair flambeau commençait sa carrière

Quand la nymphe qui tient mon âme prisonnière
Et de qui les appas sont sans comparaison,
En un pompeux habit sortant de sa maison,
À cet astre brillant opposa sa lumière.

Le soleil, s'arrêtant devant cette beauté,
Se trouva tout confus de voir que sa clarté
Cédait au vif éclat de l'objet que j'adore;

Et, tandis que de honte il était tout vermeil,
En versant quelques larmes, il passa pour l'aurore;
Et Philis, en riant, passa pour le soleil.

Tristan l'Hermite

Épigramme à Anne

Anne, ma sœur, d'où me vient le songer
Que toute nuit par devers vous me maine ?
Quel nouvel hôte est venu se loger
Dedans mon cœur et tous jours s'y pourmaine ?
Certes je crois, et ma foi n'est point vaine,
Que c'est un dieu. Me vient-il consoler ?
Ha ! c'est Amour : je le sens bien voler.
Anne, ma sœur, vous l'avez fait mon hôte,
Et le sera, me dût-il affoler,
Si celle-là qui l'y mit ne l'en ôte.

Marot

Le Promenoir des deux amants

Auprès de cette grotte sombre
Où l'on respire un air si doux,
L'onde lutte avec les cailloux
Et la lumière avec l'ombre...

Crois mon conseil, chère Climène ;
Pour laisser arriver le soir,
Je te prie, allons nous asseoir
Sur le bord de cette fontaine.

Penche la tête sur cette onde
Dont le cristal paraît si noir :
Je t'y veux apercevoir
L'objet le plus charmant du monde...

Veux-tu, par un doux privilège,
Me mettre au-dessus des humains ?
Fais-moi boire au creux de tes mains,
Si l'eau n'en dissout pas la neige.

Tristan l'Hermite

Ah ! les oaristys ! les premières maîtresses !

Verlaine

À sa maîtresse

Mignonne, allons voir si la rose
Qui ce matin avait déclose
Sa robe de pourpre au soleil
A point perdu cette vesprée
Les plis de sa robe pourprée
Et son teint au vôtre pareil.

Las ! voyez comme en peu d'espace,
Mignonne, elle a dessus la place,
Las ! las ! ses beautés laissé choir !
Ô vraiment marâtre Nature,
Puisqu'une telle fleur ne dure
Que du matin jusques au soir !

Donc, si vous me croyez, mignonne,
Tandis que votre âge fleuronne
En sa plus verte nouveauté,
Cueillez, cueillez votre jeunesse :
Comme à cette fleur, la vieillesse
Fera ternir votre beauté.

Ronsard

Beauté, mon beau souci, de qui l'âme incertaine
A comme l'océan son flux et son reflux :
Pensez de vous résoudre à soulager ma peine,
Ou je me vois résoudre à ne la souffrir plus.

Vos yeux ont des appas que j'aime et que je prise
Et qui peuvent beaucoup dessus ma liberté :
Mais pour me retenir, s'ils font cas de ma prise,
Il leur faut de l'amour autant que de beauté.

Quand je pense être au point que cela s'accomplisse,
Quelque excuse toujours en empêche l'effet :
C'est la toile sans fin de la femme d'Ulysse,
Dont l'ouvrage du soir au matin se défait.

Madame, avisez-y : vous perdez votre gloire
De me l'avoir promis et de rire de moi ;
S'il ne vous en souvient, vous manquez de mémoire,
Et s'il vous en souvient, vous n'avez pas de foi.

J'avais toujours fait compte, aimant chose si haute,
De ne m'en séparer qu'avecque le trépas ;
S'il arrive autrement, ce sera votre faute,
De faire des serments et ne les tenir pas.

Malherbe

Sonnet pour Hélène

Je plante en ta faveur cet arbre de Cybèle,
Ce pin où tes honneurs se liront tous les jours :
J'ai gravé sur le tronc nos noms et nos amours
Qui croîtront à l'envi de l'écorce nouvelle.

Faunes qui habitez ma terre paternelle,
Qui menez sur le Loir vos danses et vos tours,
Favorisez la plante et lui donnez secours :
Que l'été ne la brûle et l'hiver ne la gèle.

Pasteur qui conduiras en ce lieu ton troupeau,
Flageolant une églogue en ton tuyau d'aveine,
Attache tous les ans à cet arbre un tableau

Qui témoigne aux passants mes amours et ma peine ;
Puis, l'arrosant de lait et du sang d'un agneau,
Dis : « Ce pin est sacré, c'est la plante d'Hélène. »

Ronsard

Nevermore

Souvenir, souvenir, que me veux-tu ? L'automne
Faisait voler la grive à travers l'air atone
Et le soleil dardait un rayon monotone
Sur le bois jaunissant où la bise détone.

Nous étions seul à seule et marchions en rêvant,
Elle et moi, les cheveux et la pensée au vent.
Soudain, tournant vers moi son regard émouvant :
« Quel fut ton plus beau jour ? » fit sa voix d'or vivant,

Sa voix douce et sonore, au frais timbre angélique.
Un sourire discret lui donna la réplique,
Et je baisai sa main blanche, dévotement.

— Ah ! les premières fleurs, qu'elles sont parfumées !
Et qu'il bruit avec un murmure charmant,
Le premier oui qui sort de lèvres bien-aimées !

Verlaine

Ô ma fiancée à travers les branches en fleur, salut !

Claudel

Apparition

La lune s'attristait. Des séraphins en pleurs
Rêvant, l'archet aux doigts, dans le calme des fleurs
Vaporeuses, tiraient de mourantes violes
De blancs sanglots glissant sur l'azur des corolles
— C'était le jour béni de ton premier baiser.
Ma songerie aimant à me martyriser
S'enivrait savamment du parfum de tristesse
Que même sans regret et sans déboire laisse
La cueillaison d'un rêve au cœur qui l'a cueilli.
J'errais donc, l'œil rivé sur le pavé vieilli,
Quand, avec du soleil aux cheveux, dans la rue
Et dans le soir, tu m'es en riant apparue
Et j'ai cru voir la fée au chapeau de clarté
Qui jadis sur mes beaux sommeils d'enfant gâté
Passait, laissant toujours de ses mains mal fermées
Neiger de blancs bouquets d'étoiles parfumées.

Mallarmé

La Jeune Parque

Qui pleure là, sinon le vent simple, à cette heure
Seule, avec diamants extrêmes?... Mais qui pleure.
Si proche de moi-même au moment de pleurer?...

Tout-puissants étrangers, inévitables astres,
Qui daignez faire luire au lointain temporel
Je ne sais quoi de pur et de surnaturel...

Salut! divinités par le rose et le sel
Et les premiers jouets de la jeune lumière,
Îles!...

Valéry

Le parler que j'aime, c'est un parler simple et naïf, tel sur le papier qu'à la bouche, un parler succulent et nerveux, court et serré, non tant délicat et peigné comme véhément et brusque.

Montaigne

Ma bohème

Je m'en allais, les poings dans mes poches crevées ;
Mon paletot aussi devenait idéal ;
J'allais sous le ciel, Muse ! et j'étais ton féal ;
Oh ! là ! là ! que d'amours splendides j'ai rêvées !

Rimbaud

Nous allons devant nous, les mains le long des poches,
Sans aucun appareil, sans fatras, sans discours,
D'un pas toujours égal, sans hâte ni recours,
Des champs les plus présents vers les champs les plus proches.

Péguy

L'innocente beauté des jardins et des jours
Allait faire à jamais le charme de ma vie.

La Fontaine

Cantique de la Vierge Marie

C'est l'astre lumineux qui jamais ne s'éteint,
Où comme en un miroir tout le ciel se contemple,
Le luisant tabernacle et le lieu pur et saint
Où Dieu même a voulu se consacrer un temple.

C'est le palais royal tout rempli de clarté,
Plus pur et transparent que le ciel qui l'enserre,
C'est le beau Paradis vers l'Orient planté,
Les délices du ciel et l'espoir de la terre.

C'est cette myrrhe et fleur et ce baume odorant
Qui rend de sa senteur nos âmes consolées;
C'est ce jardin reclus suavement fleurant,
C'est la rose des champs et le lys des vallées.

C'est l'aube du matin qui produit le Soleil
Tout couvert de rayons et de flammes ardentes,
L'astre des navigants, le phare non pareil
Qui la nuit leur éclaire au milieu des tourmentes.

Étoile de la mer, notre seul réconfort,
Sauve-nous des rochers, du vent et du naufrage,
Aide-nous de tes vœux pour nous conduire au port
Et nous montre ton Fils sur le bord du rivage.

Bertaut

Ève

Ô mère ensevelie hors du premier jardin,
Vous n'avez plus connu ce climat de la grâce,
Et la vasque et la source et la haute terrasse,
Et le premier soleil sur le premier matin.

Et les bondissements de la biche et du daim
Nouant et dénouant leur course fraternelle
Et courant et sautant et s'arrêtant soudain
Pour mieux commémorer leur vigueur éternelle

Et pour bien mesurer leur force originelle
Et pour poser leurs pas sur ce moelleux tapis,
Et ces deux beaux coureurs sur soi-même tapis
Afin de saluer leur lenteur solennelle.

Et les ravissements de la jeune gazelle
Laçant et délaçant sa course vagabonde,
Galopant et trottant et suspendant sa ronde
Afin de saluer sa race intemporelle.

Et les dépassements du bouc et du chevreuil
Mêlant et démêlant leur course audacieuse
Et dressés tout à coup sur quelque immense seuil
Afin de saluer la terre spacieuse.

Et tous ces filateurs et toutes ces fileuses
Mêlant et démêlant l'écheveau de leur course,
Et dans le sable d'or des vagues nébuleuses
Sept clous articulés découpaient la Grande Ourse...

Et Dieu lui-même jeune ensemble qu'éternel
Se reposait penché sur sa création,
Et l'amour filial et l'amour fraternel
Se nourrissaient d'hommage et de libation.

Et Dieu lui-même juste ensemble qu'éternel
Avait pesé le monde au gré de sa balance.
Et il considérait d'un regard paternel
L'homme de son image et de sa ressemblance...

Vous n'avez plus connu que le temps dans le lieu.
Vous n'avez plus connu la jeunesse du monde,
Et cette paix du cœur, plus lourde et plus profonde
Que l'énorme Océan sous le regard de Dieu.

Péguy

Prière pour le matin

Je te bénis, Seigneur, en ouvrant la paupière ;
Fais-moi, dès le matin, ressentir ta bonté,
Fléchis par ton esprit ma dure volonté
Et verse dans mon cœur ta divine lumière.

Qu'au milieu des dangers de ma triste carrière,
Soutenu par ta main, je marche en sûreté
Et qu'enfin, par ta grâce et par ta vérité,
J'arrive en ton repos à mon heure dernière...

Que sans craindre la mort ni son noir appareil
J'entre, au sortir du jour qui luit sur l'hémisphère,
Dans le jour où les saints n'ont que toi pour soleil.

Drelincourt

Présentation de Paris à Notre-Dame

Étoile de la mer, voici la lourde nef
Où nous ramons tous nuds sous vos commandements ;
Voici notre détresse et nos désarmements ;
Voici le quai du Louvre, et l'écluse, et le bief.

Voici notre appareil et voici notre chef.
C'est un gars de chez nous qui siffle par moments.
Il n'a pas son pareil pour les gouvernements.
Il a la tête dure et le geste un peu bref.

Reine qui vous levez sur tous les océans,
Vous penserez à nous quand nous serons au large.
Aujourd'hui, c'est le jour d'embarquer notre charge.
Voici l'énorme grue et les longs meuglements.

S'il fallait le charger de nos pauvres vertus,
Ce vaisseau s'en irait vers votre auguste seuil
Plus creux que la noisette après que l'écureuil
L'a laissée retomber de ses ongles pointus

Nuls ballots n'entreraient par les panneaux béants,
Et nous arriverions dans la mer de Sargasse
Traînant cette inutile et grotesque carcasse
Et les Anglais diraient : Ils n'ont rien mis dedans.

Mais nous saurons l'emplir et, nous vous le jurons,
Il sera le plus beau dans cet illustre port.
La cargaison ira jusque sur le plat-bord.
Et quand il sera plein, nous le couronnerons.

Nous n'y chargerons pas notre pauvre maïs,
Mais de l'or et du blé que nous emporterons.
Et il tiendra la mer : car nous le chargerons
Du poids de nos péchés payés par votre Fils.

Péguy

Cantique des colonnes

Un temple sur les yeux
Noirs pour l'éternité,
Nous allons sans les dieux
À la divinité !

Nos antiques jeunesses,
Chair mate et belles ombres,
Sont fières des finesses
Qui naissent par les nombres !

Filles des nombres d'or,
Fortes des lois du ciel,
Sur nous tombe et s'endort
Un dieu couleur de miel...

Nous marchons dans le temps
Et nos corps éclatants
Ont des pas ineffables
Qui marquent dans les fables.

Valéry

Prière à Dieu

Ce n'est plus aux hommes que je m'adresse; c'est à toi, Dieu de tous les êtres, de tous les mondes et de tous les temps; s'il est permis à de faibles créatures, perdues dans l'immensité et imperceptibles au reste de l'univers, d'oser te demander quelque chose, à toi qui as tout donné, à toi dont les décrets sont immuables comme éternels, daigne regarder en pitié les erreurs attachées à notre nature; que ces erreurs ne fassent point nos calamités. Tu ne nous as point donné un cœur pour nous haïr et des mains pour nous égorger; fais que nous nous aidions mutuellement à supporter le fardeau d'une vie pénible et passagère; que les petites différences entre les vêtements qui couvrent nos débiles corps, entre tous nos langages insuffisants, entre tous nos usages ridicules, entre toutes nos lois imparfaites, entre toutes nos opinions insensées, entre toutes nos conditions si disproportionnées à nos yeux et si égales devant toi; que toutes ces petites nuances qui distinguent les atomes appelés *hommes* ne soient pas des signaux de haine et de persécution; que ceux qui allument des cierges en plein midi pour te célébrer supportent ceux qui se contentent de la lumière de ton soleil; que ceux qui couvrent leur robe d'une toile blanche pour dire qu'il faut t'aimer ne détestent pas ceux qui disent la même chose sous un manteau de laine noire ; qu'il soit égal de t'adorer dans un jargon formé d'une ancienne langue ou dans un jargon plus nouveau ; que ceux dont l'habit est teint en rouge ou en violet, qui dominent sur une petite parcelle d'un petit tas de la boue de ce monde et qui possèdent quelques fragments arrondis d'un certain métal, jouissent sans orgueil de ce qu'ils appellent *grandeur* et *richesse*, et que les autres les voient sans envie : car tu sais qu'il n'y a dans ces vanités ni de quoi envier ni de quoi s'enorgueillir.

Puissent tous les hommes se souvenir qu'ils sont frères ! qu'ils aient en horreur la tyrannie exercée sur les âmes, comme ils ont en exécration le brigandage qui ravit par la force le fruit du travail et de l'industrie paisible ! Si les guerres sont inévitables, ne nous haïssons pas, ne nous déchirons pas les uns les autres dans le sein de la paix, et employons l'instant de notre existence à bénir également en mille langages divers, depuis Siam jusqu'à la Californie, ta bonté qui nous a donné cet instant.

Voltaire

La vigne est au pressoir, le vin est dans la tonne,
Une rieuse enfant nous verse le muscat.
Un vent frais a cueilli la verveine et la menthe
Pour nous envelopper des charités du sort.
Ami, nous raisonnons de l'humaine tourmente
Comme deux matelots qui reviennent au port.

Maurras

Il est temps que je m'ébatte
Et que j'aille aux champs jouer.
Bons dieux! qui voudrait louer
Ceux qui, collés sur un livre,
N'ont jamais souci de vivre?

Que nous sert l'étudier
Sinon de nous ennuyer?
Corydon, marche devant,
Sache où le bon vin se vend,
Fais rafraîchir la bouteille,
Cherche une feuilleuse treille
Et des fleurs pour me coucher...

Versons ces roses en ce vin,
En ce bon vin versons ces roses,
Et buvons l'un à l'autre afin
Qu'en nos cœurs nos tristesses encloses
Prennent en buvant quelque fin.

Ronsard

Hymne à la Volupté

Ô douce Volupté, sans qui, dès notre enfance,
Le vivre et le mourir nous deviendraient égaux;
Aimant universel de tous les animaux,
Que tu sais attirer avecque violence!
Par toi tout se meut ici-bas.
C'est pour toi, c'est pour tes appas,
Que nous courons après la peine:
Il n'est soldat, ni capitaine,
Ni ministre d'État, ni prince, ni sujet,
Qui ne t'ait pour unique objet.
Nous autres, nourrissons, si pour fruit de nos veilles
Un bruit délicieux ne charmait nos oreilles,
Si nous ne nous sentions chatouillés de ce son,
Ferions-nous un mot de chanson?
Ce qu'on appelle gloire en termes magnifiques,
Ce qui servait de prix dans les jeux olympiques,
N'est que toi proprement, divine Volupté.
Et le plaisir des sens n'est-il de rien compté?
Pour quoi sont faits les dons de Flore,
Le soleil couchant et l'Aurore,
Pomone et ses mets délicats,
Bacchus, l'âme des bons repas,
Les forêts, les eaux, les prairies,
Mères des douces rêveries?...

Volupté, Volupté, qui fut jadis maîtresse
Du plus bel esprit de la Grèce,
Ne me dédaigne pas, viens-t'en loger chez moi ;
Tu n'y seras pas sans emploi ;
J'aime le jeu, l'amour, les livres, la musique,
La ville et la campagne, enfin tout : il n'est rien
Qui ne me soit souverain bien,
Jusqu'aux sombres plaisirs d'un cœur mélancolique.

La Fontaine

C'est une absolue perfection, et comme divine, de savoir jouir loyalement de son être.

Montaigne

Ici commence le court bonheur de ma vie; ici viennent les paisibles, mais rapides moments qui m'ont donné le droit de dire que j'ai vécu. Moments précieux et si regrettés! ah! recommencez pour moi votre aimable cours, coulez plus lentement dans mon souvenir, s'il est possible, que vous ne fîtes réellement dans votre fugitive succession... Mais comment dire ce qui n'était ni dit, ni fait, ni pensé même, mais goûté, mais senti, sans que je puisse énoncer d'autre objet de mon bonheur que ce sentiment même? Je me levais avec le soleil et j'étais heureux; je me promenais et j'étais heureux; je voyais Maman et j'étais heureux; je la quittais et j'étais heureux; je parcourais les bois, les coteaux, j'errais dans les vallons, je lisais, j'étais oisif; je travaillais au jardin, je cueillais les fruits, j'aidais au ménage, et le bonheur me suivait partout: il n'était dans aucune chose assignable, il était tout en moi-même, il ne pouvait me quitter un seul instant.

Rien de tout ce qui m'est arrivé durant cette époque chérie, rien de ce que j'ai fait, dit et pensé tout le temps qu'elle a duré, n'est échappé de ma mémoire. Les temps qui précèdent et qui suivent me reviennent par intervalles; je me les rappelle inégalement et confusément : mais je me rappelle celui-là tout entier comme s'il durait encore. Mon imagination, qui dans ma jeunesse allait toujours en avant, et maintenant rétrograde, compense par ces doux souvenirs l'espoir que j'ai pour jamais perdu. Je ne vois plus rien dans l'avenir qui me tente ; les seuls retours du passé peuvent me flatter, et ces retours si vifs et si vrais dans l'époque dont je parle me font souvent vivre heureux malgré mes malheurs.

Rousseau

Je meurs de soif auprès de la fontaine.

Villon

Ouvrez-moi cette porte où je frappe en pleurant

Apollinaire

Patience, patience,
Patience dans l'azur !
Chaque atome de silence
Est la chance d'un fruit mûr.

Valéry

Je veux lire en trois jours l'Iliade d'Homère,
Et, pour ce, Corydon, ferme bien l'huis sur moi.
Si rien me vient troubler, je t'assure, ma foi,
Tu sentiras combien pesante est ma colère.

Je ne veux seulement que notre chambrière
Vienne faire mon lit, ton compagnon ni toi;
Je veux trois jours entiers, demeurer à recoi
Pour folâtrer après une semaine entière.

Mais si quelqu'un venait de la part de Cassandre,
Ouvre-lui tôt la porte et ne le fais attendre,
Soudain entre en ma chambre et me viens accoutrer.

Je veux tant seulement à lui seul me montrer;
Au reste, si un dieu voulait pour moi descendre
Du ciel, ferme la porte et ne le laisse entrer.

Ronsard

Tes yeux sont si profonds qu'en me penchant pour
boire
J'ai vu tous les soleils y venir se mirer
S'y jeter à mourir tous les désespérés
Tes yeux sont si profonds que j'y perds la mémoire

Tes yeux sont mon Pérou ma Golconde mes Indes

Aragon

Lettre d'Odette à Swann

Ma main tremble si fort en vous écrivant...

Proust

Lettre à George Sand

Mon cher George,

J'ai quelque chose de bête et de ridicule à vous dire : je suis amoureux de vous.

Musset

Si de tes lèvres avancées
Tu prépares pour l'apaiser
À l'habitant de mes pensées
La nourriture d'un baiser,

Ne hâte pas cet acte tendre,
Douceur d'être et de n'être pas,
Car j'ai vécu de vous attendre
Et mon cœur n'était que vos pas.

Valéry

Sonnet à Hélène

Maîtresse, embrasse-moi, baise-moi, serre-moi,
Haleine contre haleine, échauffe-moi la vie,
Mille et mille baisers donne-moi, je te prie,
Amour veut tout sans nombre, amour n'a point de loi.

Baise et rebaise-moi ; belle bouche, pourquoi
Te gardes-tu là-bas, quand tu seras blêmie,
À baiser de Pluton ou la femme ou l'amie,
N'ayant plus ni couleur, ni rien semblable à toi ?

En vivant, presse-moi de tes lèvres de roses ;
Bégaye en me baisant à lèvres demi closes
Mille mots tronçonnés, mourant entre mes bras.

Je mourrai dans les tiens ; puis, toi ressuscitée,
Je ressusciterai ; allons ainsi là-bas :
Le jour tant soit-il court vaut mieux que la nuitée.

Ronsard

Placet futile

Nommez-nous... pour qu'Amour ailé d'un éventail
M'y peigne flûte aux doigts endormant ce bercail,
Princesse, nommez-nous berger de vos sourires.

Mallarmé

Baiser ! rose trémière au jardin des caresses !

Verlaine

Baisers, baves d'amour, basses béatitudes,
Ô mouvements marins des amants confondus...

Valéry

Vivons, ma Lesbie, et aimons-nous! Et tous les murmures des vieillards irascibles, n'en tenons aucun compte. Les soleils ont ce pouvoir de mourir et renaître. Nous, notre brève lumière ne s'éteint qu'une seule fois et nous nous endormons dans une nuit éternelle. Donne-moi mille baisers, puis cent, puis mille, puis cent encore, puis mille autres, et puis encore cent de plus. Et puis, après tant de milliers et de milliers de baisers échangés, nous embrouillerons les chiffres pour ne plus rien savoir et échapper à l'envie des méchants.

Catulle

Si tu veux nous nous aimerons
Avec tes lèvres sans le dire
Cette rose ne l'interromps
Qu'à verser un silence pire

Jamais de chants ne lancent prompts
Le scintillement du sourire
Si tu veux nous nous aimerons
Avec tes lèvres sans le dire

Muet muet entre les ronds
Sylphe dans la pourpre d'empire
Un baiser flambant se déchire
Jusqu'aux pointes des ailerons
Si tu veux nous nous aimerons.

Mallarmé

Aimez, aimez, tout le reste n'est rien.

La Fontaine

Aimons donc bel et beau,
Baisons tout à notre aise,
Puisque plus on ne baise
Par-delà le tombeau.

Ronsard

Baise m'encor, rebaise-moi, et baise :
Donne-m'en un de tes plus savoureux,
Donne-m'en un de tes plus amoureux :
Je t'en rendrai quatre plus chauds que braise.

Las, te plains-tu ? Çà que ce mal j'apaise
En t'en donnant dix autres doucereux.
Ainsi mêlant nos baisers tant heureux
Jouissons nous l'un de l'autre à notre aise.

Lors double vie à chacun en suivra
Chacun en soi et son ami vivra.
Permets m'amour penser quelque folie.

Toujours suis mal, vivant discrètement,
Et ne me puis donner contentement
Si hors de moi ne fais quelque saillie.

Labé

Quand je veux louer
Quelque homme ou quelque dieu, soudain je sens nouer
La langue à mon palais, et ma gorge se bouche.
Mais quand je veux d'amour ou écrire ou parler,
Ma langue se dénoue et lors je sens couler
Ma chanson d'elle-même aisément en la bouche.

Ronsard

Papillon du Parnasse, et semblable aux abeilles,
Je suis chose légère et vole à tout sujet ;
Je vais de fleur en fleur et d'objet en objet.

La Fontaine

Je voudrais bien savoir si la grande règle de toutes les règles n'est pas de plaire... Ne cherchons pas de raisonnement pour nous empêcher d'avoir du plaisir.

Molière

À Londres, je connus Bella,
    Princesse moins lointaine
Que son mari le capitaine,
    Qui n'était jamais là.

Et peut-être aimait-il la mangue;
    Mais Bella les Français
Tels qu'on le parle: c'est assez
    Pour qui ne prend que langue,

Et la tienne vaut un talbin.
    Mais quoi? Rester rebelle,
Bella, quand te montre si belle
    Le désordre du bain.

Toulet

À la mémoire de Zulma

Elle était riche de vingt ans,
Moi, j'étais jeune de vingt francs,
Et nous fîmes bourse commune,
Placée à jours perdus dans une
Infidèle nuit de printemps...

La lune a fait un trou dedans,
Rond comme un écu de cinq francs
Par où passa notre fortune :
Vingt ans ! vingt francs !... et puis la lune !

. . . .

Je la trouvai — bien des printemps,
Bien des vingt ans, bien des vingt francs,
Bien des trous et bien de la lune
Après — toujours vierge et vingt ans
Et... colonelle à la Commune !

. . . .

Puis après : la chasse aux passants,
Aux vingt sols, et plus aux vingt francs...
Puis après : la fosse commune
Nuit gratuite sans trou de lune.

Corbière

Les demoiselles de ce temps
Ont depuis peu beaucoup d'amants.
On dit qu'il n'en manque à personne ;
L'année est bonne.

Nous avons vu, les ans passés,
Que les galants étaient glacés.
Mais maintenant tout en foisonne ;
L'année est bonne.

Le temps n'est pas bien loin encor
Qu'ils se vendaient au poids de l'or.
Et pour le présent on les donne ;
L'année est bonne.

Le soleil de nous rapproché
Rend le monde plus échauffé.
L'amour règne, le sang bouillonne ;
L'année est bonne.

Voiture

Quand on vous voit, on vous aime ; quand on vous aime, où vous voit-on ?

Anonyme

J'ai connu toutes les formes de déchéance, y compris le succès.

Cioran

Ce qu'il y a de plus profond dans l'homme, c'est la peau.

Valéry

L'amour, c'est l'infini mis à la portée des caniches.

Céline

Je pris après six jours de réflexion le parti de faire le mal par dessein, ce qui est sans comparaison le plus criminel devant Dieu, mais ce qui est sans doute le plus sage devant le monde. Parce qu'on évite par ce moyen le plus dangereux ridicule.

Retz

C'est ainsi que savent aimer les hommes du monde. Démentez-moi, messieurs, si je ne dis pas la vérité. Si je parlais en un autre lieu, j'alléguerais peut-être la Cour pour exemple ; mais puisque c'est à elle que je parle, qu'elle se connaisse elle-même.

Bossuet

Lettre à Guy de Maupassant

Trop de putains ! trop de canotage ! trop d'exercice ! Oui, monsieur, il *faut*, entendez-vous, jeune homme, il *faut* travailler plus que ça. Tout le reste est vain, à commencer par vos plaisirs et votre santé ; foutez-vous cela dans la boule.

Ce qui vous manque, ce sont les *principes*. On a beau dire, il en faut ; reste à savoir lesquels. Pour un artiste, il n'y en a qu'un : tout sacrifier à l'Art. La vie doit être considérée par lui comme un moyen, rien de plus, et la première personne dont il doit se foutre, c'est de lui-même.

Flaubert

Fragments du Narcisse

Heureux vos corps fondus, Eaux planes et profondes !
Je suis seul !... Si les dieux, les échos et les ondes
Et si tant de soupirs permettent qu'on le soit !
Seul !... mais encor celui qui s'approche de soi
Quand il s'approche aux bords que bénit ce feuillage...

Des cimes, l'air déjà cesse le pur pillage ;
La voix des sources change et me parle du soir ;
Un grand calme m'écoute où j'écoute l'espoir.
J'entends l'herbe des nuits croître dans l'ombre sainte
Et la lune perfide élève son miroir
Jusque dans les secrets de la fontaine éteinte..
Jusque dans les secrets que je crains de savoir,
Jusque dans les replis de l'amour de soi-même,
Rien ne peut échapper au silence du soir...
La nuit vient sur ma chair lui souffler que je l'aime.
Sa voix fraîche à mes vœux tremble de consentir ;
À peine, dans la brise, elle semble mentir,
Tant le frémissement de son temple tacite
Conspire au spacieux silence d'un tel site.
Ô douceur de survivre à la force du jour,
Quand elle se retire enfin rose d'amour,
Encore un peu brûlante, et lasse, mais comblée,
Et de tant de trésors tendrement accablée

Par de tels souvenirs qu'ils empourprent sa mort
Et qu'ils la font heureuse agenouiller dans l'or,
Puis s'étendre, se fondre, et perdre sa vendange,
Et s'éteindre en un songe en qui le soir se change.
Quelle perte en soi-même offre un si calme lieu!
L'âme, jusqu'à périr, s'y penche pour un Dieu
Qu'elle demande à l'onde, onde déserte, et digne
Sur son lustre, du lisse effacement d'un cygne.

Valéry

Moi,
Moi, dis-je, et c'est assez.

Corneille

Narcisse parle

Mais moi, Narcisse aimé, je ne suis curieux
Que de ma propre essence ;
Tout autre n'a pour moi qu'un cœur mystérieux.
Tout autre n'est qu'absence.

Valéry

L'amour-propre est l'amour de soi-même et de toutes choses pour soi ; il rend les hommes idolâtres d'eux-mêmes, et les rendrait les tyrans des autres si la fortune leur en donnait les moyens... Rien n'est si impétueux que ses désirs, rien de si caché que ses desseins, rien de si habile que ses conduites : ses souplesses ne se peuvent représenter, ses transformations passent celles des métamorphoses et ses raffinements ceux de la chimie. Il est dans tous les états de la vie et dans toutes ses conditions ; il vit partout et il vit de tout, il vit de rien ; il s'accommode des choses et de leur privation ; il passe même dans le parti des gens qui lui font la guerre, il entre dans leurs desseins et, ce qui est admirable, il se hait lui-même avec eux, il conjure sa perte, il travaille même à sa ruine ; enfin il ne se soucie que d'être et, pourvu qu'il soit, il veut bien être son ennemi. Il ne faut donc pas s'étonner s'il se joint parfois à la plus rude austérité et s'il entre si hardiment en société avec elle pour se détruire, parce que, dans le même temps qu'il se ruine en un endroit, il se rétablit en un autre ; quand on pense qu'il quitte son plaisir, il ne fait que le suspendre ou le changer, et lors même qu'il est vaincu et qu'on croit en être défait, on le retrouve qui triomphe dans sa propre défaite.

La Rochefoucauld

Philis, plus avare que tendre,
Ne gagnant rien à refuser,
Un jour réclama de Lysandre
Trente moutons pour un baiser.

Le lendemain, nouvelle affaire.
Pour le berger, le troc fut bon ;
Car il obtint de la bergère
Trente baisers pour un mouton.

Le lendemain, Philis, plus tendre,
Ne voulant déplaire au berger,
Fut trop heureuse de lui rendre
Trente moutons pour un baiser.

Le lendemain, Philis, peu sage,
Aurait donné moutons et chien
Pour un baiser que le volage
À Lisette donnait pour rien.

Anonyme
(d'après Friedrich von Hagedorn)

Le Temps des cerises

Quand nous en serons au temps des cerises,
Et gai rossignol et merle moqueur
Seront tous en fête.
Les belles auront la folie en tête
Et les amoureux du soleil au cœur.
Quand nous en serons au temps des cerises,
Sifflera bien mieux le merle moqueur.

Mais il est bien court, le temps des cerises
Où l'on s'en va deux cueillir en rêvant
Des pendants d'oreilles,
Cerises d'amour aux robes pareilles
Tombant sous la feuille en gouttes de sang.
Mais il est bien court, le temps des cerises,
Pendants de corail qu'on cueille en rêvant.

Quand vous en serez au temps des cerises,
Si vous avez peur des chagrins d'amour,
Évitez les belles.
Moi qui ne crains pas les peines cruelles,
Je ne vivrai pas sans souffrir un jour.
Quand vous en serez au temps des cerises,
Vous aurez aussi des chagrins d'amour.

J'aimerai toujours le temps des cerises :
C'est de ce temps-là que je garde au cœur
Une plaie ouverte,
Et dame Fortune, en m'étant offerte,
Ne saurait jamais calmer ma douleur.
J'aimerai toujours le temps des cerises
Et le souvenir que je garde au cœur.

Clément

La jeunesse est une chose charmante : elle part au commencement de la vie, couronnée de fleurs comme la flotte athénienne pour aller conquérir la Sicile et les délicieuses campagnes d'Enna. La prière est dite à haute voix par le prêtre de Neptune ; les libations sont faites avec des coupes d'or ; la foule, bordant la mer, unit ses invocations à celles du pilote ; le péan est chanté, tandis que la voile se déploie aux rayons et au souffle de l'aurore. Alcibiade, vêtu de pourpre et beau comme l'Amour, se fait remarquer sur les trirèmes, fier des sept chars qu'il a lancés dans la carrière d'Olympie. Mais à peine l'île d'Alcinoüs est-elle passée, l'illusion s'évanouit : Alcibiade banni va vieillir loin de sa patrie et mourir percé de flèches sur le sein de Timandra. Les compagnons de ses premières espérances, esclaves à Syracuse, n'ont pour alléger le poids de leurs chaînes que quelques vers d'Euripide.

Chateaubriand

Bussy, notre printemps s'en va presque expiré.

Racan

Moesta et errabunda

Comme vous êtes loin, paradis parfumé
Où sous un clair azur tout n'est qu'amour et joie,
Où tout ce que l'on aime est digne d'être aimé,
Où dans la volupté pure le cœur se noie!
Comme vous êtes loin, paradis parfumé!

Mais le vert paradis des amours enfantines,
Les courses, les chansons, les baisers, les bouquets,
Les violons vibrant derrière les collines,
Avec les brocs de vin, le soir, dans les bosquets
— Mais le vert paradis des amours enfantines,

L'innocent paradis, plein de plaisirs furtifs,
Est-il déjà plus loin que l'Inde et que la Chine?
Peut-on le rappeler avec des cris plaintifs
Et l'animer encore d'une voix argentine,
L'innocent paradis plein de plaisirs furtifs?

Baudelaire

Interlude

À quoi je pense ? À rien peut-être.
Je regarde les vaches paître
Et la rivière s'écouler.

Vicaire

Lapins

Nous sommes les petits Lapins
Gens étrangers à l'écriture
Et chaussés des seuls escarpins
Que nous a donnés la Nature...

N'ayant pas lu Dostoïevski,
Nous conservons des airs peu rogues
Et certes ce n'est pas nous qui
Nous piquons d'être psychologues...

Nous sommes les petits Lapins,
C'est le poil qui forme nos bottes,
Et, n'ayant pas de calepins,
Nous ne prenons jamais de notes.

Nous ne cultivons guère Kant;
Son idéale turlutaine
Rarement nous attire. Quant
Au fabuliste La Fontaine,

Il faut qu'on l'adore à genoux...

Et dans la bonne odeur des pins
Qu'on voit ombrageant les clairières,
Nous sommes les tendres Lapins
Assis sur leurs petits derrières.

Banville

Aux marches du palais

Aux marches du palais,
Aux marches du palais,
Y a une jolie fille, lon la,
Y a une jolie fille.

Elle a tant d'amoureux,
Elle a tant d'amoureux,
Qu'elle ne sait lequel prendre, lon la,
Qu'elle ne sait lequel prendre.

C'est un p'tit cordonnier,
C'est un p'tit cordonnier
Qu'a eu la préférence, lon la,
Qu'a eu la préférence...

La belle, si vous vouliez,
La belle, si vous vouliez,
Nous dormirions ensemble, lon la
Nous dormirions ensemble.

Dans un grand lit carré,
Dans un grand lit carré,
Recouvert de taies blanches, lon la,
Recouvert de taies blanches.

Aux quatre coins du lit,
Aux quatre coins du lit,
Un bouquet de pervenches, lon la,
Un bouquet de pervenches.

Dans le mitan du lit,
Dans le mitan du lit,
La rivière est profonde, lon la,
La rivière est profonde.

Tous les chevaux du roi,
Tous les chevaux du roi
Viendraient y boire ensemble, lon la,
Viendraient y boire ensemble.

Et là nous dormirions,
Et là nous dormirions
Jusqu'à la fin du monde, lon la,
Jusqu'à la fin du monde.

Anonyme

Qu'on ne me dise pas que je n'ai rien dit de nouveau : la disposition des matières est nouvelle ; quand on joue à la paume, c'est une même balle dont joue l'un et l'autre, mais l'un la place mieux.

Pascal

Chez nous, soyez reine,
Nous sommes à vous.
Régnez en souveraine.

Chez nous,
Chez nous.

Soyez la Madone
Qu'on prie à genoux,
Qui sourit et pardonne.

Chez nous,
Chez nous.

Anonyme

LES FLAMMES DE L'ÉTÉ

Aube

J'ai embrassé l'aube d'été.

Rien ne bougeait encore au front des palais. L'eau était morte. Les camps d'ombre ne quittaient pas la route du bois. J'ai marché, réveillant les haleines vives et tièdes, et les pierreries regardèrent, et les ailes se levèrent sans bruit...

Au réveil il était midi.

Rimbaud

D'un vanneur de blé aux vents

À vous, troupe légère,
Qui d'aile passagère
Par le monde volez
Et d'un sifflant murmure
L'ombrageuse verdure
Doucement ébranlez,

J'offre ces violettes,
Ces lys et ces fleurettes
Et ces roses ici,
Ces merveillettes roses,
Tout fraîchement écloses
Et ces œillets aussi.

De votre douce haleine
Éventez cette plaine,
Éventez ce séjour,
Cependant que j'ahanne
À mon blé que je vanne
À la chaleur du jour.

du Bellay

Vieille chanson du jeune temps

Je ne songeais pas à Rose;
Rose au bois vint avec moi;
Nous parlions de quelque chose,
Mais je ne sais plus de quoi.

J'étais froid comme les marbres;
Je marchais à pas distraits;
Je parlais des fleurs, des arbres;
Son œil semblait dire: Après?...

La rosée offrait ses perles,
Les taillis ses parasols;
J'allais; j'écoutais les merles,
Et Rose les rossignols.

Moi, seize ans, et l'air morose.
Elle, vingt; ses yeux brillaient.
Les rossignols chantaient Rose
Et les merles me sifflaient.

Rose, droite sur ses hanches,
Leva son beau bras tremblant
Pour prendre une mûre aux branches;
Je ne vis pas son bras blanc.

Une eau courait, fraîche et creuse,
Sur les mousses de velours ;
Et la nature amoureuse
Dormait dans les grands bois sourds.

Rose défit sa chaussure,
Et mit, d'un air ingénu,
Son petit pied dans l'eau pure ;
Je ne vis pas son pied nu.

Je ne savais que lui dire ;
Je la suivais dans le bois,
La voyant parfois sourire
Et soupirer quelquefois.

Je ne vis qu'elle était belle
Qu'en sortant des grands bois sourds.
— Soit ; n'y pensons plus ! dit-elle.
Depuis, j'y pense toujours.

Hugo

Le doux caboulot
Fleuri sous les branches
Est, tous les dimanches,
Plein de populo.

La servante est brune,
Que de gens heureux !
Chacun sa chacune,
L'une et l'un font deux

Amoureux épris
Du culte d'eux-mêmes.
Ah ! sûr que l'on s'aime
Et que l'on est gris !

Ça durera bien
Le temps nécessaire
Pour que Jeanne et Pierre
Ne regrettent rien.

Carco

Elle était déchaussée, elle était décoiffée,
Assise, les pieds nus, parmi les joncs penchants ;
Moi qui passais par là, je crus voir une fée,
Et je lui dis : Veux-tu t'en venir dans les champs ?

Elle me regarda de ce regard suprême
Qui reste à la beauté quand nous en triomphons,
Et je lui dis : Veux-tu, c'est le mois où l'on aime,
Veux-tu nous en aller sous les arbres profonds ?

Elle essuya ses pieds à l'herbe de la rive ;
Elle me regarda pour la seconde fois,
Et la belle folâtre alors devint pensive.
Oh ! comme les oiseaux chantaient au fond des bois !

Comme l'eau caressait doucement le rivage !
Je vis venir à moi, dans les grands roseaux verts,
La belle fille heureuse, effarée et sauvage,
Ses cheveux dans ses yeux, et riant au travers.

Hugo

Je t'ai cherchée à la fenêtre
Les parcs en vain sont parfumés
Où peux-tu où peux-tu bien être
À quoi bon vivre au mois de mai

Aragon

Elle défit sa ceinture
Elle défit son corset
. . . .
Puis, troublée à mes tendresses,
Rougissante à mes transports,
Dénouant ses blondes tresses,
Elle me dit : Viens ! Alors...

— Ô Dieu ! joie, extase, ivresse,
Exquise beauté du corps !
J'inondais de mes caresses
Tous ces purs et doux trésors

D'où jaillissent tant de flammes.
Trésors ! Au divin séjour
Si vous manquez à nos âmes,
Le ciel ne vaut pas l'amour.

Hugo

Ô mon jardin d'eau fraîche et d'ombre
Ma danse d'être mon cœur sombre
Mon ciel des étoiles sans nombre
Ma barque au loin douce à ramer

Aragon

Puisque j'ai mis ma lèvre à ta coupe encore pleine,
Puisque j'ai dans tes mains posé mon front pâli,
Puisque j'ai respiré parfois la douce haleine
De ton âme, parfum dans l'ombre enseveli,

Puisqu'il me fut donné de t'entendre me dire
Les mots où se répand un cœur mystérieux,
Puisque j'ai vu pleurer, puisque j'ai vu sourire
Ta bouche sur ma bouche et mes yeux sur tes yeux..

Je puis maintenant dire aux rapides années :
— Passez ! passez toujours ! je n'ai plus à vieillir !
Allez-vous-en avec vos fleurs toutes fanées ;
J'ai dans l'âme une fleur que nul ne peut cueillir !

Votre aile en la heurtant ne fera rien répandre
Du vase où je m'abreuve et que j'ai bien rempli.
Mon âme a plus de feu que vous n'avez de cendre !
Mon cœur a plus d'amour que vous n'avez d'oubli !

Hugo

Ô Soleil ! Toi sans qui les choses
Ne seraient que ce qu'elles sont.

Rostand

Green

Voici des fruits, des fleurs, des feuilles et des branches,
Et puis voici mon cœur qui ne bat que pour vous.
Ne le déchirez pas avec vos deux mains blanches
Et qu'à vos yeux si beaux l'humble présent soit doux.

J'arrive tout couvert encore de rosée
Que le vent du matin vient glacer à mon front.
Souffrez que ma fatigue à vos pieds reposée
Rêve des chers instants qui la délasseront.

Sur votre jeune sein laissez rouler ma tête
Toute sonore encore de vos derniers baisers,
Laissez-la s'apaiser de la bonne tempête
Et que je dorme un peu puisque vous reposez.

Verlaine

Bonne pensée du matin

À quatre heures du matin, l'été,
Le sommeil d'amour dure encore.
Sous les bosquets l'aube évapore
L'odeur du soir fêté.

Rimbaud

Comme un casque guerrier d'impératrice enfant
Dont, pour te figurer, il tomberait des roses.

Mallarmé

Les Roses de Saadi

J'ai voulu ce matin te rapporter des roses ;
Mais j'en avais tant pris dans mes ceintures closes
Que les nœuds trop serrés n'ont pu les contenir.

Les nœuds ont éclaté. Les roses envolées
Dans le vent, à la mer s'en sont toutes allées.
Elles ont suivi l'eau pour ne plus revenir.

La vague en a paru rouge et comme enflammée.
Ce soir, ma robe encore en est tout embaumée...
Respires-en sur moi l'odorant souvenir.

Desbordes-Valmore

Vous avez une odeur des parfums d'Assyrie.

Malherbe

Un peu de musique

Si tu veux, faisons un rêve.
Montons sur deux palefrois ;
Tu m'emmènes ; je t'enlève ;
L'oiseau chante dans les bois.

Je suis ton maître et ta proie ;
Partons, c'est la fin du jour ;
Mon cheval sera la joie,
Ton cheval sera l'amour.

Nous ferons toucher leurs têtes ;
Les voyages sont aisés ;
Nous donnerons à ces bêtes
Une avoine de baisers.

Viens ! nos doux chevaux mensonges
Frappent du pied tous les deux,
Le mien au fond de mes songes,
Et le tien au fond des cieux.

Un bagage est nécessaire ;
Nous emporterons nos vœux,
Nos bonheurs, notre misère,
Et la fleur de tes cheveux.

Viens, le soir brunit les chênes;
Le moineau rit; ce moqueur
Entend le doux bruit des chaînes
Que tu m'as mises au cœur.

Ce ne sera point ma faute
Si les forêts et les monts,
En nous voyant côte à côte,
Ne murmurent pas: «Aimons!»

Viens, sois tendre, je suis ivre.
Ô les verts taillis mouillés!
Ton souffle te fera suivre
Des papillons réveillés...

Allons-nous-en par l'Autriche!
Nous aurons l'aube à nos fronts;
Je serai grand et toi riche,
Puisque nous nous aimerons.

Allons-nous-en par la terre,
Sur nos deux chevaux charmants,
Dans l'azur, dans le mystère,
Dans les éblouissements.

Nous entrerons à l'auberge,
Et nous paierons l'hôtelier
De ton sourire de vierge,
De mon bonjour d'écolier.

Tu seras dame, et moi comte;
Viens, mon cœur s'épanouit,
Viens, nous conterons ce conte
Aux étoiles de la nuit.

La mélodie encor quelques instants se traîne
Sous les arbres bleuis par la lune sereine,
Puis tremble, puis expire, et la voix qui chantait
S'éteint comme un oiseau se pose ; tout se tait.

Hugo

Il se fit tout à coup le plus profond silence
Quand Georgina Smolen se leva pour chanter.

Musset

La Maison du Berger

Il est sur ma montagne une épaisse bruyère
Où les pas du chasseur ont peine à se plonger,
Qui plus haut que nos fronts lève sa tête altière
Et garde dans la nuit le pâtre et l'étranger.
Viens y cacher l'amour et ta divine faute;
Si l'herbe est agitée ou n'est pas assez haute,
J'y roulerai pour toi la Maison du Berger.

Elle va doucement avec ses quatre roues,
Son toit n'est pas plus haut que ton front et tes yeux;
La couleur du corail et celle de tes joues
Teignent le char nocturne et ses muets essieux.
Le seuil est parfumé, l'alcôve est large et sombre,
Et là, parmi les fleurs, nous trouverons dans l'ombre
Pour nos cheveux unis un lit silencieux.

Je verrai, si tu veux, les pays de la neige,
Ceux où l'astre amoureux dévore et resplendit,
Ceux que heurtent les vents, ceux que la mer assiège,
Ceux où le pôle obscur sous sa glace est maudit;
Nous suivrons du hasard la course vagabonde.
Que m'importe le jour? que m'importe le monde?
Je dirai qu'ils sont beaux quand tes yeux l'auront dit...

Éva, j'aimerai tout dans les choses créées,
Je les contemplerai dans ton regard rêveur
Qui partout répandra ses flammes colorées,
Son repos gracieux, sa magique saveur :
Sur mon cœur déchiré viens poser ta main pure ;
Ne me laisse jamais seul avec la Nature,
Car je la connais trop pour n'en pas avoir peur...

Vivez, froide Nature, et revivez sans cesse
Sous nos pieds, sur nos fronts, puisque c'est votre loi ;
Vivez et dédaignez, si vous êtes déesse,
L'homme, humble passager, qui dut vous être un roi ;
Plus que tout votre règne et que ses splendeurs vaines,
J'aime la majesté des souffrances humaines :
Vous ne recevrez pas un cri d'amour de moi.

Mais toi, ne veux-tu pas, voyageuse indolente,
Rêver sur mon épaule en y posant ton front ?
Viens du paisible seuil de la maison roulante
Voir ceux qui sont passés et ceux qui passeront.
Tous les tableaux humains qu'un Esprit pur m'apporte
S'animeront pour toi quand devant notre porte
Les grands pays muets longuement s'étendront.

Nous marcherons ainsi, ne laissant que notre ombre
Sur cette terre ingrate où les morts ont passé ;
Nous nous parlerons d'eux à l'heure où tout est sombre,
Où tu te plais à suivre un chemin effacé,
À rêver, appuyée aux branches incertaines,
Pleurant, comme Diane au bord de ses fontaines,
Ton amour taciturne et toujours menacé.

Vigny

Je suis plein du silence assourdissant d'aimer

Aragon

Partage de midi

MESA : Ô Ysé !
YSÉ : C'est moi, Mesa, me voici.
MESA : Ô femme entre mes bras !
YSÉ : Tu sais ce qu'est une femme à présent ?
MESA : Je te tiens, je t'ai trouvée.
YSÉ : Je suis à toi,
Je ne me recule pas, je te laisse faire ce que tu veux.

MESA : Ainsi donc
Je vous ai saisie ! et je tiens votre corps même
Entre mes bras et vous ne faites point de résistance et j'entends dans mes entrailles votre cœur qui bat !
Il est vrai que vous n'êtes qu'une femme, mais moi je ne suis qu'un homme,
Et voici que je n'en suis plus et que je suis comme un affamé qui ne peut retenir ses larmes à la vue de la nourriture !
Ô colonne ! ô puissance de ma bien-aimée ! Ô il est injuste que je vous aie rencontrée !
Comment est-ce qu'il faut vous appeler ? Une mère,
Parce que vous êtes bonne à avoir.

Et une sœur, et je tiens votre bras rond et féminin entre mes doigts,

Et une proie, et la fumée de votre vie me monte à la tête par le nez, et je frémis de vous sentir la plus faible comme un gibier qui plie et que l'on tient par la nuque!

Ô je m'en vais et je n'en puis plus, et tu es entre mes bras comme quelqu'un de replié,

Et dans la pression de mes mains comme quelqu'un qui dort. Dis, puissance comme de quelqu'un qui dort,

Si tu es celle que j'aime.

Ô je n'en puis plus, et c'en est trop, et il ne fallait pas que je te rencontre, et tu m'aimes donc, et tu es à moi, et mon pauvre cœur cède et crève!

Claudel

Sensation

Par les soirs bleus d'été, j'irai dans les sentiers,
Picoté par les blés, fouler l'herbe menue :
Rêveur, j'en sentirai la fraîcheur à mes pieds.
Je laisserai le vent baigner ma tête nue.

Je ne parlerai pas, je ne penserai rien :
Mais l'amour infini me montera dans l'âme,
Et j'irai loin, bien loin, comme un bohémien,
Par la Nature — heureux comme avec une femme.

Rimbaud

Tant de choses ne valent pas d'être dites ; et tant de gens ne valent pas que les autres choses leur soient dites. Cela fait beaucoup de silence.

Montherlant

Delfica

La connais-tu, DAPHNÉ, cette ancienne romance,
Au pied du sycomore ou sous les lauriers blancs,
Sous l'olivier, le myrte ou les saules tremblants,
Cette chanson d'amour qui toujours recommence ?...

Reconnais-tu le TEMPLE au péristyle immense,
Et les citrons amers où s'imprimaient les dents,
Et la grotte fatale aux hôtes imprudents,
Où du dragon vaincu dort l'antique semence ?..

Ils reviendront, ces Dieux que tu pleures toujours !
Le temps va ramener l'ordre des anciens jours ;
La terre a tressailli d'un souffle prophétique.

Cependant, la sibylle au visage latin
Est endormie encor sous l'arc de Constantin
— Et rien n'a dérangé le sévère portique.

Nerval

On n'aime plus personne dès qu'on aime.

Proust

Pervigilium mortis

Psyché, ma sœur, écoute, immobile, et frissonne...
Le bonheur vient, nous touche et nous parle à genoux.
Pressons nos mains. Sois grave. Écoute encor... Personne
N'est plus heureux, ce soir, n'est plus divin que nous.

Une immense tendresse attire à travers l'ombre
Nos yeux presque fermés. Que reste-t-il encor
Du baiser qui s'apaise et du soupir qui sombre ?
La vie a retourné notre sablier d'or.

C'est notre heure éternelle, éternellement grande,
L'heure qui va survivre à l'éphémère amour
Comme un voile embaumé de rose et de lavande
Conserve après cent ans la jeunesse d'un jour.

Plus tard, ô ma beauté, quand des nuits étrangères
Auront passé sur vous qui ne m'attendrez plus
Quand d'autres, s'il se peut, amie aux mains légères,
Jaloux de mon prénom, toucheront vos pieds nus,

Rappelez-vous qu'un soir nous vécûmes ensemble
L'heure unique où les dieux accordent, un instant,

À la tête qui penche, à l'épaule qui tremble,
L'esprit pur de la vie en fuite avec le temps.

Rappelez-vous qu'un soir, couchés sur notre couche
En caressant nos doigts frémissants de s'unir,
Nous avons échangé de la bouche à la bouche
La perle impérissable où dort le souvenir.

Louÿs

Tout ce qui est atteint est détruit.

Montherlant

Le Balcon

Mère des souvenirs, maîtresse des maîtresses,
Ô toi, tous mes plaisirs ! ô toi, tous mes devoirs !
Tu te rappelleras la beauté des caresses,
La douceur du foyer et le charme des soirs,
Mère des souvenirs, maîtresse des maîtresses !

Les soirs illuminés par l'ardeur du charbon
Et les soirs au balcon, voilés de vapeurs roses,
Que ton sein m'était doux ! que ton cœur m'était bon !
Nous avons dit souvent d'impérissables choses
Les soirs illuminés par l'ardeur du charbon.

Que les soleils sont beaux dans les chaudes soirées !
Que l'espace est profond ! que le cœur est puissant !
En me penchant vers toi, reine des adorées,
Je croyais respirer le parfum de ton sang.
Que les soleils sont beaux dans les chaudes soirées !

La nuit s'épaississait ainsi qu'une cloison,
Et mes yeux dans le noir devinaient tes prunelles,
Et je buvais ton souffle, ô douceur ! ô poison !
Et tes pieds s'endormaient dans mes mains fraternelles.
La nuit s'épaississait ainsi qu'une cloison.

Je sais l'art d'évoquer les minutes heureuses
Et revis mon passé blotti dans tes genoux.
Car à quoi bon chercher tes beautés langoureuses
Ailleurs qu'en ton cher corps et dans ton cœur si
doux ?
Je sais l'art d'évoquer les minutes heureuses !

Ces serments, ces parfums, ces baisers infinis
Renaîtront-ils d'un gouffre interdit à nos sondes,
Comme montent au ciel les soleils rajeunis
Après s'être lavés au fond des mers profondes ?
— Ô serments ! ô parfums ! ô baisers infinis !

Baudelaire

J'appelle ici amour une torture réciproque.

Proust

Phèdre

PHÈDRE

N'allons point plus avant. Demeurons, chère Œnone,
Je ne me soutiens plus, ma force m'abandonne;
Mes yeux sont éblouis du jour que je revois
Et mes genoux tremblants se dérobent sous moi...
Que ces vains ornements, que ces voiles me pèsent!...
Tout m'afflige, et me nuit, et conspire à me nuire...
Dieux! que ne suis-je assise à l'ombre des forêts!
Quand pourrai-je, au travers d'une noble poussière,
Suivre de l'œil un char fuyant dans la carrière?

ŒNONE

Quoi! Madame!

PHÈDRE

Insensée, où suis-je? et qu'ai-je dit?
Où laissé-je égarer mes vœux et mon esprit?
Je l'ai perdu; les dieux m'en ont ravi l'usage.
Œnone, la rougeur me couvre le visage;
Je te laisse trop voir mes honteuses douleurs;
Et mes yeux, malgré moi, se remplissent de pleurs.

Racine

L'amour est trompé, fugitif ou coupable.

Chateaubriand

Phèdre

PHÈDRE

Quand tu sauras mon crime et le sort qui m'accable
Je n'en mourrai pas moins : j'en mourrai plus coupable.

ŒNONE

Madame, au nom des pleurs que j'ai pour vous versés,
Par vos faibles genoux que je tiens embrassés,
Délivrez mon esprit de ce funeste doute.

PHÈDRE

Tu le veux : lève-toi.

ŒNONE

Parlez : je vous écoute.

PHÈDRE

Ciel ! que lui vais-je dire ? Et par où commencer ?

ŒNONE

Par de vaines frayeurs cessez de m'offenser.

PHÈDRE

Ô haine de Vénus ! ô fatale colère !
Dans quels égarements l'amour jeta ma mère !

ŒNONE

Oublions-les, Madame ; et qu'à tout l'avenir
Un silence éternel cache ce souvenir.

PHÈDRE

Ariane, ma sœur, de quel amour blessée
Vous mourûtes aux bords où vous fûtes laissée !

ŒNONE

Que faites-vous, Madame ? Et quel mortel ennui
Contre tout votre sang vous anime aujourd'hui ?

PHÈDRE

Puisque Vénus le veut, de ce sang déplorable
Je péris la dernière et la plus misérable.

Racine

Aimer est un mauvais sort comme ceux qu'il y a dans les contes, contre quoi on ne peut rien jusqu'à ce que l'enchantement ait cessé.

Proust

Phèdre

PHÈDRE

Je le vis : je rougis, je pâlis à sa vue ;
Un trouble s'éleva dans mon âme éperdue ;
Mes yeux ne voyaient plus, je ne pouvais parler ;
Je sentis tout mon corps et transir et brûler...
Ce n'est plus une ardeur dans mes veines cachée :
C'est Vénus tout entière à sa proie attachée.

Racine

Il faut aller jusqu'à l'horreur quand on se connaît.

Bossuet

Phèdre

PHÈDRE

Ah ! cruel, tu m'as trop entendue !
Je t'en ai dit assez pour te tirer d'erreur.
Eh bien, connais donc Phèdre et toute sa fureur :
J'aime... Ne pense pas qu'au moment que je t'aime,
Innocente à mes yeux, je m'approuve moi-même
Ni que du fol amour qui trouble ma raison
Ma lâche complaisance ait nourri le poison.
Objet infortuné des vengeances célestes,
Je m'abhorre encor plus que tu ne me détestes.
Les dieux m'en sont témoins, ces dieux qui dans mon flanc
Ont allumé le feu fatal à tout mon sang ;
Ces dieux qui se sont fait une gloire cruelle
De séduire le cœur d'une faible mortelle.
Toi-même en ton esprit rappelle le passé :
C'est peu de t'avoir fui, cruel, je t'ai chassé ;
J'ai voulu te paraître odieuse, inhumaine ;
Pour mieux te résister, j'ai recherché ta haine.
De quoi m'ont profité mes inutiles soins ?
Tu me haïssais plus, je ne t'aimais pas moins.

Tes malheurs te prêtaient encor de nouveaux charmes.
J'ai langui, j'ai séché dans les feux, dans les larmes.
Il suffit de tes yeux pour t'en persuader,
Si tes yeux un moment pouvaient me regarder.

Racine

Et que tout cela fasse un astre dans les cieux !

Hugo

Phèdre

PHÈDRE

Ah ! douleur non encore éprouvée !
Tout ce que j'ai souffert, mes craintes, mes transports,
La fureur de mes feux, l'horreur de mes remords,
Et d'un cruel refus l'insupportable injure
N'étaient qu'un faible essai des tourments que j'endure.
Ils s'aiment ! Par quels charmes ont-ils trompé mes yeux ?
Comment se sont-ils vus ? Depuis quand ? En quels lieux ?
Les a-t-on vus souvent se parler, se chercher ?
Dans le fond des forêts allaient-ils se cacher ?
Tu le savais ! Pourquoi me laissais-tu séduire ?
De leur furtive ardeur ne pouvais-tu m'instruire ?
Hélas ! ils se voyaient avec pleine licence ;
Le ciel de leurs soupirs approuvait l'innocence.
Ils suivaient sans remords leur penchant amoureux,
Tous les jours se levaient clairs et sereins pour eux.
Et moi, triste rebut de la nature entière,
Je me cachais au jour, je fuyais la lumière.
La mort est le seul dieu que j'osais implorer.
J'attendais le moment où j'allais expirer.

Me nourrissant de fiel, de larmes abreuvée,
Dans mon malheur encor de trop près observée,
Je n'osais dans mes pleurs me noyer à loisir :
Je goûtais en secret ce funeste plaisir
Et, sous un front serein déguisant mes alarmes,
Il fallait bien souvent me priver de mes larmes.

ŒNONE

Quel fruit recevront-ils de ces vaines amours ?
Ils ne se verront plus.

PHÈDRE

Ils s'aimeront toujours.

Racine

Un je ne sais quel charme encor vers vous m'emporte.

Corneille

Andromaque

HERMIONE

Je ne t'ai point aimé, cruel ! Qu'ai-je donc fait ?
J'ai dédaigné pour toi les vœux de tous nos princes ;
Je t'ai cherché moi-même au fond de tes provinces ;
J'y suis encor, malgré tes infidélités
Et malgré tous mes Grecs, honteux de mes bontés.
Je leur ai commandé de cacher mon injure ;
J'attendais en secret le retour d'un parjure.
J'ai cru que, tôt ou tard, à ton devoir rendu,
Tu me rapporterais ce cœur qui m'était dû.
Je t'aimais inconstant, qu'aurais-je fait, fidèle ?
Et même en ce moment où ta bouche cruelle
Vient si tranquillement m'annoncer mon trépas,
Ingrat, je doute encore si je ne t'aime pas.
Mais, Seigneur, s'il le faut, si le ciel en colère
Réserve à d'autres yeux la gloire de vous plaire,
Achevez votre hymen, j'y consens ; mais du moins
Ne forcez pas mes yeux d'en être les témoins.
Pour la dernière fois je vous parle peut-être.
Différez-le d'un jour : demain, vous serez maître...
Vous ne répondez point ? Perfide, je le vois !
Tu comptes les instants que tu perds avec moi !
Ton cœur, impatient de revoir ta Troyenne,

Ne souffre qu'à regret qu'une autre t'entretienne.
Tu lui parles du cœur, tu la cherches des yeux.
Je ne te retiens plus : sauve-toi de ces lieux.
Va lui jurer la foi que tu m'avais jurée ;
Va profaner des dieux la majesté sacrée.
Ces dieux, ces justes dieux n'auront pas oublié
Que les mêmes serments avec moi t'ont lié.
Porte au pied des autels ce cœur qui m'abandonne :
Va ! cours ! mais crains encor d'y trouver Hermione.

Racine

Je vis, je meurs ; je me brûle et me noie ;
J'ai chaud extrême en endurant froidure ;
La vie m'est et trop molle et trop dure.
J'ai grands ennuis entremêlés de joie.

Tout à un coup je ris et je larmoie
Et en plaisir maint grief tourment j'endure.
Mon bien s'en va, et à jamais il dure.
Tout en un coup je sèche et je verdoie.

Ainsi Amour inconstamment me mène.
Et quand je pense avoir plus de douleur,
Sans y penser je me trouve hors de peine.

Puis quand je crois ma joie être certaine
Et être au haut de mon désiré heur,
Il me remet en mon premier malheur.

Labé

Régina, dis au prêtre
Qu'il n'aime pas son Dieu ; dis au Toscan sans maître
Qu'il n'aime pas sa ville ; au marin sur la mer
Qu'il n'aime pas l'aurore après la nuit d'hiver.
Va trouver sur son banc le forçat las de vivre,
Dis-lui qu'il n'aime pas la main qui le délivre.
Mais ne me dis jamais que je ne t'aime pas.

Hugo

Stances de l'impossible

L'été sera l'hiver et le printemps l'automne,
L'air deviendra pesant, le plomb sera léger ;
On verra les poissons dedans l'air voyager
Et de muets qu'ils sont avoir la voix fort bonne.
L'eau deviendra le feu, le feu deviendra l'eau
Plutôt que je sois pris d'un autre amour nouveau.

Le mal donnera joie et l'aise des tristesses,
La neige sera noire et le lièvre hardi,
Le lion deviendra du sang acouardi,
La terre n'aura point d'herbe ni de richesses,
Les rochers de soi-même auront un mouvement
Plutôt qu'en mon amour il y ait changement.

Le loup et la brebis seront en même étable
Enfermés sans soupçon d'aucune inimitié,
L'aigle avec la colombe aura de l'amitié
Et le caméléon ne sera point muable,
Nul oiseau ne fera son nid au renouveau
Plutôt que je sois pris d'un autre amour nouveau.

La lune qui parfait en un mois sa carrière
La fera en trente ans au lieu de trente jours ;
Saturne qui achève avec trente ans son cours

Se verra plus léger que la lune légère;
Le jour sera la nuit, la nuit sera le jour
Plutôt que je m'enflamme au feu d'un autre amour.

Les ans ne changeront le poil ni la coutume,
Les sens et la raison demeureront en paix,
Et plus plaisants seront les malheureux succès
Que les plaisirs du monde au cœur qui s'en allume;
On haïra la vie, aimant mieux le mourir
Plutôt que l'on me voie à autre amour courir.

On ne verra loger au monde l'espérance;
Le faux d'avec le vrai ne se discernera,
La fortune en ses dons changeante ne sera,
Tous les effets de Mars seront sans violence,
Le soleil sera noir, visible sera Dieu
Plutôt que je sois vu captif en autre lieu.

Jamyn

J'ai choisi de rester fidèle
Pour rien, pour le souci du temps,
Pour pouvoir dire : elle était belle,
La vie au creux de mon amant.

Kegels

L'amour, c'est l'espace et le temps rendus sensibles au cœur.

Proust

Bérénice

BÉRÉNICE

Je n'écoute plus rien, et pour jamais, adieu.
Pour jamais! Ah! Seigneur, songez-vous en vous-même
Combien ce mot cruel est affreux quand on aime?
Dans un mois, dans un an, comment souffrirons-nous,
Seigneur, que tant de mers me séparent de vous;
Que le jour recommence et que le jour finisse
Sans que jamais Titus puisse voir Bérénice,
Sans que de tout le jour je puisse voir Titus?
Mais quelle est mon erreur et que de soins perdus!
L'ingrat, de mon départ consolé par avance,
Daignera-t-il compter les jours de mon absence?
Ces jours, si longs pour moi, lui sembleront trop courts.

Racine

Calypso ne pouvait se consoler du départ d'Ulysse. Dans sa douleur, elle se trouvait malheureuse d'être immortelle.

Fénelon

Mon amant est parti pour un pays lointain
Faites-moi donc mourir puisque je n'aime rien

Mon cœur me fait si mal il faut bien que je meure
Si je me regardais il faudrait que j'en meure

Mon cœur me fait si mal depuis qu'il n'est plus là
Mon cœur me fit si mal du jour où il s'en alla

Apollinaire

« Mademoiselle Albertine est partie ! » Comme la souffrance va plus loin en psychologie que la psychologie ! Il y a un instant, en train de m'analyser, j'avais cru que cette séparation sans s'être revus était justement ce que je désirais, et, comparant la médiocrité des plaisirs que me donnait Albertine à la richesse des désirs qu'elle me privait de réaliser (et auxquels la certitude de sa présence chez moi, pression de mon atmosphère morale, avait permis d'occuper le premier plan dans mon âme, mais qui à la première nouvelle qu'Albertine était partie ne pouvaient même plus entrer en concurrence avec elle, car ils s'étaient aussitôt évanouis), je m'étais trouvé subtil, j'avais conclu que je ne voulais plus la voir, que je ne l'aimais plus. Mais ces mots : « Mademoiselle Albertine est partie » venaient de produire dans mon cœur une souffrance telle que je sentais que je ne pourrais pas y résister plus longtemps ; il fallait la faire cesser immédiatement ; tendre pour moi-même comme ma mère pour ma grand'mère mourante, je me disais, avec cette même bonne volonté qu'on a de ne pas laisser souffrir ce qu'on aime : « Aie une seconde de patience, on va te trouver un remède, sois tranquille, on ne va pas te laisser souffrir comme cela. »

Oui, tout à l'heure, j'avais cru que je n'aimais plus Albertine, j'avais cru ne rien laisser de côté, en exact analyste ; j'avais cru bien connaître le fond de mon cœur. Mais notre intelligence, si lucide soit-elle, ne peut apercevoir les éléments qui le composent et qui restent insoupçonnés tant que, de l'état volatil où ils subsistent la plupart du temps, un phénomène capable de les isoler ne leur a pas fait subir un commencement de solidification. Je m'étais trompé en croyant voir clair dans mon cœur. Mais cette connaissance, que ne m'auraient pas donnée les plus fines perceptions de l'esprit, venait de m'être apportée, dure, éclatante, étrange comme un sel cristallisé, par la brusque réaction de la douleur. J'avais une telle habitude d'avoir Albertine auprès de moi, et je voyais soudain un nouveau visage de l'Habitude. Jusqu'ici je l'avais considérée surtout comme un pouvoir annihilateur qui supprime l'originalité et jusqu'à la conscience des perceptions ; maintenant je la voyais comme une divinité redoutable, si rivée à nous, son visage insignifiant si incrusté dans notre cœur, que si elle se détache, si elle se détourne de nous, cette déité que nous ne distinguions presque pas nous inflige des souffrances plus terribles qu'aucune et qu'alors elle est aussi cruelle que la mort.

Proust

Et la mer et l'amour ont l'amer pour partage,
Et la mer est amère et l'amour est amer ;
L'on s'abîme en l'amour aussi bien qu'en la mer
Car la mer et l'amour ne sont point sans orage.
Celui qui craint les eaux, qu'il demeure au rivage,
Celui qui craint les maux qu'on souffre pour aimer,
Qu'il ne se laisse pas à l'amour enflammer,
Et tous deux ils seront sans hasard de naufrage.
La mère de l'amour eut la mer pour berceau,
Le feu sort de l'amour, sa mère sort de l'eau.
Mais l'eau contre le feu ne peut fournir des armes.
Si l'eau pouvait éteindre un brasier amoureux,
Ton amour qui me brûle est si fort douloureux
Que j'eusse éteint son feu de la mer de mes larmes.

Marbeuf

J'aimais, Seigneur, j'aimais, je voulais être aimée.

Racine

Première lettre d'amour de la Religieuse portugaise

Considère, mon amour, jusqu'à quel excès tu as manqué de prévoyance. Ah, malheureux! Tu as été trahi, et tu m'as trahie par des espérances trompeuses.

Une passion sur laquelle tu avais fait tant de projets de plaisirs ne te cause présentement qu'un mortel désespoir qui ne peut être comparé qu'à la cruauté de l'absence qui le cause. Quoi! cette absence, à laquelle ma douleur, toute ingénieuse qu'elle est, ne peut donner un nom assez funeste, me privera donc pour toujours de regarder ces yeux dans lesquels je voyais tant d'amour et qui me faisaient connaître des mouvements qui me comblaient de joie, qui me tenaient lieu de toutes choses et qui enfin me suffisaient? Hélas! les miens sont privés de la seule lumière qui les animait, il ne leur reste que des larmes, et je ne les ai employés à aucun usage qu'à pleurer sans cesse depuis que j'ai appris que vous étiez enfin résolu à un éloignement qui m'est si insupportable qu'il me fera mourir en peu de temps. Cependant il me semble que j'ai quelque attachement pour des malheurs dont vous êtes la seule cause: je vous ai destiné ma vie aussitôt que je vous ai vu, et je sens quelque plaisir en vous la sacrifiant.

J'envoie mille fois le jour mes soupirs vers vous, ils vous cherchent en tous lieux, et ils ne me rapportent pour toute récompense de tant d'inquiétudes qu'un avertissement trop sincère que me donne ma mauvaise fortune qui a la cruauté de ne souffrir pas que je me flatte et qui me dit à tous moments: « Cesse, cesse, Marianne infortunée, de te consumer vainement et de chercher un amant que tu ne verras jamais, qui a passé les mers pour te fuir, qui est en France au milieu des plaisirs, qui ne pense pas un seul moment à tes douleurs et qui te dispense de tous ces transports dont il ne te sait aucun gré ! »

Guilleragues ?

Lettre à Alfred de Musset

Ô mes yeux bleus, vous ne me regarderez plus ! Adieu mes cheveux blonds, adieu mes blanches épaules, adieu tout ce que j'aimais, tout ce qui était à moi ! J'embrasserai maintenant, dans mes nuits ardentes, le tronc des sapins et les rochers dans les forêts en criant votre nom et, quand j'aurai rêvé le plaisir, je tomberai évanouie sur la terre humide.

Sand

On est souvent trompé en amour, souvent blessé et souvent malheureux ; mais on aime, et quand on est sur le bord de sa tombe on se retourne pour regarder en arrière et on se dit : J'ai souffert souvent, je me suis trompé quelquefois, mais j'ai aimé. C'est moi qui ai vécu et non un être factice, créé par mon orgueil et mon ennui.

Musset

Ballade du cœur qui a tant battu

Cœur qui a tant rêvé
Ô cœur charnel
Ô cœur inachevé
Cœur éternel

Cœur qui a tant battu
Ô cœur profond
Ô cœur trouveras-tu
Jamais le fond

Cœur qui a tant battu
D'amour, d'espoir
Ô cœur trouveras-tu
La paix du soir

Cœur tant de fois pétri
Ô pain du jour
Cœur tant de fois meurtri
Levain d'amour

Cœur qui a tant battu
D'amour, de haine
Cœur tu ne battras plus
De tant de peine.

Péguy

N'espérons plus, mon âme, aux promesses du monde :
Sa lumière est un verre, et sa faveur une onde
Que toujours quelque vent empêche de calmer ;
Quittons ces vanités, lassons-nous de les suivre :
C'est Dieu qui nous fait vivre,
C'est Dieu qu'il faut aimer.

Malherbe

Parle, parle, Seigneur, ton serviteur écoute;
Je dis ton serviteur, car enfin je le suis;
Je le suis, je veux l'être et marcher dans ta route
Et le jour et la nuit.

Remplis-moi d'un esprit qui me fasse comprendre
Ce qu'ordonnent de moi tes saintes volontés,
Et réduis mes désirs au seul désir d'entendre
Tes hautes vérités...

Parle donc, ô mon Dieu! ton serviteur fidèle
Pour écouter ta voix réunit tous ses sens
Et trouve la douceur de la vie éternelle
En ses divins accents.

Parle pour consoler mon âme inquiétée;
Parle pour la conduire à quelque amendement;
Parle, afin que ta gloire ainsi plus exaltée
Croisse éternellement.

Corneille

« Le pain que je vous propose
Sert aux anges d'aliment :
Dieu lui-même le compose
De la fleur de son froment.
C'est ce pain si délectable
Que ne sert point à sa table
Le monde que vous suivez.
Je l'offre à qui veut me suivre.
Approchez. Voulez-vous vivre ?
Prenez, mangez et vivez. »

Ô Sagesse, ta parole
Fit éclore l'univers,
Posa sur un double pôle
La terre au milieu des mers.
Tu dis, et les cieux parurent,
Et tous les astres coururent
Dans leur ordre se placer.
Avant les siècles tu règnes ;
Et qui suis-je, que tu daignes
Jusqu'à moi te rabaisser ?

Racine

Polyeucte

POLYEUCTE

Source délicieuse en misères féconde,
Que voulez-vous de moi, flatteuses voluptés ?
Honteux attachements de la chair et du monde,
Que ne me quittez-vous quand je vous ai quittés ?
Allez, honneurs, plaisirs, qui me livrez la guerre :
Toute votre félicité
Sujette à l'instabilité,
En moins de rien tombe par terre.
Et comme elle a l'éclat du verre,
Elle en a la fragilité.

Ainsi n'espérez pas qu'après vous je soupire :
Vous étalez en vain vos charmes impuissants ;
Vous me montrez en vain, par tout ce vaste empire,
Les ennemis de Dieu pompeux et florissants.
Il étale à son tour des revers équitables
Par qui les grands sont confondus ;
Et les glaives qu'il tient pendus
Sur les plus fortunés coupables
Sont d'autant plus inévitables
Que leurs coups sont moins attendus...

Saintes douceurs du ciel, adorables idées,
Vous remplissez un cœur qui vous peut recevoir;
De vos sacrés attraits les âmes possédées
Ne conçoivent plus rien qui les puisse émouvoir.
Vous promettez beaucoup et donnez davantage:
Vos liens ne sont pas inconstants;
Et l'heureux trépas que j'attends
Ne vous sert que d'un doux passage
Pour nous introduire au partage
Qui nous rend à jamais contents.

Corneille

L'Esprit et l'Eau

Salut donc, ô monde nouveau à mes yeux, ô monde maintenant total !

Ô credo entier des choses visibles et invisibles, je vous accepte avec un cœur catholique !

Où que je tourne la tête

J'envisage l'immense octave de la Création !

Le monde s'ouvre et, si large qu'en soit l'empan, mon regard le traverse d'un bout à l'autre.

J'ai pesé le soleil ainsi qu'un gros mouton que deux hommes forts suspendent à une perche entre leurs épaules.

J'ai recensé l'armée des Cieux et j'en ai dressé état,

Depuis les grandes Figures qui se penchent sur le vieillard Océan

Jusqu'au feu le plus rare englouti dans le plus profond abîme,

Ainsi que le Pacifique bleu sombre où le baleinier épie l'évent d'un souffleur comme un duvet blanc.

Vous êtes pris et d'un bout du monde jusqu'à l'autre autour de Vous

J'ai tendu l'immense rets de ma connaissance.

Comme la phrase qui prend aux cuivres

Gagne les bois et progressivement envahit les profondeurs de l'orchestre,
Et comme les éruptions du soleil
Se répercutent sur la terre en crises d'eau et en raz de marée,
Ainsi du plus grand Ange qui Vous voit jusqu'au caillou de la route et d'un bout de votre création jusqu'à l'autre,
Il ne cesse point continuité, non plus que de l'âme au corps ;
Le mouvement ineffable des Séraphins se propage aux Neuf ordres des Esprits,
Et voici le vent qui se lève à son tour sur la terre, le Semeur, le Moissonneur !
Ainsi l'eau continue l'esprit, et le supporte, et l'alimente
Et entre
Toutes vos créatures jusqu'à Vous il y a comme un lien liquide.

Claudel

Tout s'abîme, Seigneur, dans cette mer profonde
Que tes grands jugements ouvrent de toutes parts:
Et si tous les mondains y jetaient leurs regards,
Il ne serait jamais de vaine gloire au monde.

Que verraient-ils en eux qu'ils pussent estimer
S'ils voyaient devant toi ce qu'est leur chair fragile?
Comment souffriraient-ils qu'une masse d'argile
S'enflât contre la main qui vient de la former?

Un cœur vraiment à toi ne prend jamais le change,
Et qui goûte une fois l'esprit de vérité,
Qui se peut y soumettre avec sincérité
Ne saurait plus goûter une vaine louange ..

Gloire au Père, cause des causes,
Gloire au Verbe incarné, Gloire à l'Esprit divin;
Et telle qu'elle était avant toutes les choses,
Telle soit-elle encor maintenant et sans fin.

Corneille

Tout ce qui est plus d'un est infiniment moins qu'un.

Fénelon

Polyeucte

POLYEUCTE

Mais si, dans ce séjour de gloire et de lumière,
Ce Dieu tout juste et bon peut souffrir ma prière,
S'il y daigne écouter un conjugal amour,
Sur votre aveuglement il répandra le jour.
Seigneur, de vos bontés il faut que je l'obtienne :
Elle a trop de vertus pour n'être pas chrétienne ;
Avec trop de mérite il vous plut la former
Pour ne vous pas connaître et ne vous pas aimer,
Pour vivre des enfers esclave infortunée
Et sous leur triste joug mourir comme elle est née.

PAULINE

Que dis-tu, malheureux ? Qu'oses-tu souhaiter ?

POLYEUCTE

Ce que de tout mon sang je voudrais acheter.

PAULINE

Que plutôt...

POLYEUCTE

C'est en vain qu'on se met en défense :
Ce Dieu touche les cœurs lorsque moins on y pense.

Ce bienheureux moment n'est pas encore venu;
Il viendra, mais le temps ne m'en est pas connu.

PAULINE

Quittez cette chimère, et m'aimez.

POLYEUCTE

Je vous aime
Beaucoup moins que mon Dieu, mais bien plus que moi-même.

PAULINE

Au nom de cet amour, ne m'abandonnez pas.

POLYEUCTE

Au nom de cet amour, daignez suivre mes pas.

PAULINE

C'est peu de me quitter, tu veux donc me séduire?

POLYEUCTE

C'est peu d'aller au ciel, je veux vous y conduire.

PAULINE

Imaginations!

POLYEUCTE

Célestes vérités!

PAULINE

Étrange aveuglement!

POLYEUCTE

Éternelles clartés!

PAULINE

Tu préfères la mort à l'amour de Pauline !

POLYEUCTE

Vous préférez le monde à la bonté divine !

PAULINE

Va, cruel, va mourir : tu ne m'aimas jamais.

POLYEUCTE

Vivez heureuse au monde, et me laissez en paix.

Corneille

Au cloître que Rancé maintenant disparaisse.
Il n'a de prix pour nous que dans ce seul moment,
Et dans ce seul regard qu'il jette à sa maîtresse,
Qui contient toutes les détresses,
Le feu du ciel volé brûle éternellement.

Aragon

À Villequier

Maintenant que Paris, ses pavés et ses marbres,
Et sa brume et ses toits sont bien loin de mes yeux ;
Maintenant que je suis sous les branches des arbres,
Et que je puis songer à la beauté des cieux ;

Maintenant que du deuil qui m'a fait l'âme obscure
Je sors, pâle et vainqueur,
Et que je sens la paix de la grande nature
Qui m'entre dans le cœur ;

Maintenant que je puis, assis au bord des ondes,
Ému par ce superbe et tranquille horizon,
Examiner en moi les vérités profondes
Et regarder les fleurs qui sont dans le gazon ;

Maintenant, ô mon Dieu ! que j'ai ce calme sombre
De pouvoir désormais
Voir de mes yeux la pierre où je sais que dans l'ombre
Elle dort pour jamais ;

Maintenant qu'attendri par ces divins spectacles,
Plaines, forêts, rochers, vallons, fleuve argenté,
Voyant ma petitesse et voyant vos miracles,
Je reprends ma raison devant l'immensité ;

Je viens à vous, Seigneur, père auquel il faut croire ;
Je vous porte, apaisé,
Les morceaux de ce cœur tout plein de votre gloire
Que vous avez brisé...

Nous ne voyons jamais qu'un seul côté des choses ;
L'autre plonge en la nuit d'un mystère effrayant.
L'homme subit le joug sans connaître les causes.
Tout ce qu'il voit est court, inutile et fuyant.

Vous faites revenir toujours la solitude
Autour de tous ses pas.
Vous n'avez pas voulu qu'il eût la certitude
Ni la joie ici-bas !

Dès qu'il possède un bien, le sort le lui retire.
Rien ne lui fut donné, dans ses rapides jours,
Pour qu'il s'en puisse faire une demeure, et dire :
C'est ici ma maison, mon champ et mes amours !

Il doit voir peu de temps tout ce que ses yeux voient ;
Il vieillit sans soutiens.
Puisque ces choses sont, c'est qu'il faut qu'elles soient ;
J'en conviens, j'en conviens !

Le monde est sombre, ô Dieu ! L'immuable harmonie
Se compose des pleurs aussi bien que des chants ;
L'homme n'est qu'un atome en cette ombre infinie,
Nuit où montent les bons, où tombent les méchants.

Je sais que vous avez bien autre chose à faire
Que de nous plaindre tous
Et qu'un enfant qui meurt, désespoir de sa mère,
Ne vous fait rien, à vous !

Je sais que le fruit tombe au vent qui le secoue,
Que l'oiseau perd sa plume et la fleur son parfum;
Que la création est une grande roue
Qui ne peut se mouvoir sans écraser quelqu'un;

Le mois, les jours, les flots des mers, les yeux qui pleurent
Passent sous le ciel bleu;
Il faut que l'herbe pousse et que les enfants meurent;
Je le sais, ô mon Dieu!

Dans vos cieux, au-delà de la sphère des nues,
Au fond de cet azur, immobile et dormant,
Peut-être faites-vous des choses inconnues
Où la douleur de l'homme entre comme élément...

Seigneur, je reconnais que l'homme est en délire
S'il ose murmurer;
Je cesse d'accuser, je cesse de maudire,
Mais laissez-moi pleurer!

Hélas! laissez les pleurs couler de ma paupière,
Puisque vous avez fait les hommes pour cela!
Laissez-moi me pencher sur cette froide pierre
Et dire à mon enfant: Sens-tu que je suis là?

Laissez-moi lui parler, incliné sur ses restes,
Le soir, quand tout se tait,
Comme si, dans sa nuit rouvrant ses yeux célestes,
Cet ange m'écoutait!...

Voyez-vous, nos enfants nous sont bien nécessaires,
Seigneur; quand on a vu dans sa vie, un matin,
Au milieu des ennuis, des peines, des misères
Et de l'ombre que fait sur nous notre destin,

Apparaître un enfant, tête chère et sacrée,
Petit être joyeux,
Si beau qu'on a cru voir s'ouvrir à son entrée
Une porte des cieux ;

Quand on a vu, seize ans, de cet autre soi-même
Croître la grâce aimable et la douce raison,
Lorsqu'on a reconnu que cet enfant qu'on aime
Fait le jour dans notre âme et dans notre maison,

Que c'est la seule joie ici-bas qui persiste
De tout ce qu'on rêva,
Considérez que c'est une chose bien triste
De le voir qui s'en va !

Hugo

Madame cependant a passé du matin au soir, ainsi que l'herbe des champs ; le matin, elle fleurissait, avec quelles grâces, vous le savez : le soir, nous la vîmes séchée.

Bossuet

Sur la mort de Marie

Comme on voit sur la branche, au mois de mai, la rose
En sa belle jeunesse, en sa première fleur,
Rendre le ciel jaloux de sa vive couleur
Quand l'aube de ses pleurs au point du jour l'arrose ;

La grâce dans sa feuille, et l'amour se repose,
Embaumant les jardins et les arbres d'odeur ;
Mais, battue ou de pluie ou d'excessive ardeur,
Languissante, elle meurt, feuille à feuille déclose.

Ainsi, en ta première et jeune nouveauté,
Quand la terre et le ciel honoraient ta beauté,
La Parque t'a tuée, et cendre tu reposes.

Pour obsèques reçois mes larmes et mes pleurs,
Ce vase plein de lait, ce panier plein de fleurs,
Afin que, vif et mort, ton corps ne soit que roses.

Ronsard

Artémis

La Treizième revient... c'est encore la première;
Et c'est toujours la seule — ou c'est le seul moment;
Car es-tu reine, ô toi! la première ou dernière?
Es-tu roi, toi le seul ou le dernier amant?...

Aimez qui vous aima du berceau dans la bière;
Celle que j'aimai seul m'aime encor tendrement:
C'est la mort — ou la morte... Ô délice! ô tourment!
La rose qu'elle tient, c'est la *Rose trémière.*

Sainte napolitaine aux mains pleine de feux,
Rose au cœur violet, fleur de sainte Gudule,
As-tu trouvé ta croix dans le désert des cieux?

Roses blanches, tombez! vous insultez nos dieux,
Tombez, fantômes blancs, de notre ciel qui brûle;
— La sainte de l'abîme est plus sainte à mes yeux!

Nerval

Il y a des endroits de notre pauvre cœur qui n'existent pas encore et où la douleur entre afin qu'ils soient.

Bloy

La Couronne effeuillée

J'irai, j'irai porter ma couronne effeuillée
Au jardin de mon Père où revit toute fleur ;
J'y répandrai longtemps mon âme agenouillée :
Mon Père a des secrets pour vaincre la douleur.

J'irai, j'irai lui dire, au moins avec mes larmes :
« Regardez, j'ai souffert... » Il me regardera,
Et, sous mes jours changés, sous mes pâleurs sans charmes,
Parce qu'il est mon Père, il me reconnaîtra...

Vous ne rejetez pas la fleur qui n'est plus belle ;
Ce crime de la terre au ciel est pardonné !
Vous ne maudirez pas votre enfant infidèle
Non d'avoir rien vendu, mais d'avoir tout donné.

Desbordes-Valmore

Ô mon âme n'aspire pas à la vie éternelle,
mais épuise le champ du possible.

Pindare
(trad. Paul Valéry)

Les Lettres d'amour

D'abord les lettres sont longues, vives, multipliées ; le jour n'y suffit pas : on écrit au coucher du soleil ; on trace quelques mots au clair de lune, chargeant sa lumière chaste, silencieuse, discrète, de couvrir de sa pudeur mille désirs. On s'est quitté à l'aube ; à l'aube on épie la première clarté pour écrire ce que l'on croit avoir oublié de dire dans des heures de délices. Mille serments couvrent le papier, où se reflètent les roses de l'aurore ; mille baisers sont déposés sur les mots qui semblent naître du premier regard du soleil : pas une idée, une image, une rêverie, un accident, une inquiétude qui n'ait sa lettre.

Voici qu'un matin quelque chose de presque insensible se glisse sur la beauté de cette passion comme une première ride sur le front d'une femme adorée. Le souffle et le parfum de l'amour expirent dans ces pages de la jeunesse, comme une brise le soir s'endort sur des fleurs ; on s'en aperçoit, et l'on ne veut pas se l'avouer. Les lettres s'abrègent, diminuent en nombre, se remplissent de nouvelles, de descriptions, de choses étrangères ; quelques-unes ont retardé, mais on en est moins inquiet ; sûr d'aimer et d'être aimé, on est devenu raisonnable ; on ne gronde plus, on se soumet à l'absence. Les serments vont toujours leur train ; ce sont les mêmes mots, mais ils sont morts ; l'âme y manque ; *je vous aime* n'est plus qu'une expression d'habitude, un protocole obligé, le *j'ai l'honneur d'être* de toute lettre d'amour. Peu à peu, le style se glace ou s'irrite ; le jour de poste n'est plus impatiemment attendu ; il est redouté ; écrire devient une fatigue. On rougit en pensée des folies que l'on a confiées au papier ; on voudrait pouvoir retirer ses lettres et les jeter au feu. Qu'est-il survenu ? Est-ce un nouvel attachement qui commence ou un vieil attachement qui finit ? N'importe : c'est l'amour qui meurt avant l'objet aimé. On est obligé de reconnaître que les sentiments de l'homme sont exposés à l'effet d'un travail caché ; fièvre du temps qui produit la lassitude, dissipe l'illusion, fane nos amours et change nos cœurs, comme elle change nos cheveux et nos années. Cependant il est une exception à cette infirmité des choses humaines ; il arrive quelquefois que dans une âme forte un amour dure assez pour se transformer en amitié passionnée, pour devenir un devoir, pour prendre les qualités de la vertu ; alors il perd sa défaillance de nature et vit de ses principes immortels.

Chateaubriand

L'amour qui meut le soleil et les autres étoiles.

Dante

Mon sombre amour d'orange amère
Ma chanson d'écluse et de vent
Mon quartier d'ombre où vient rêvant
Mourir la mer

Mon doux mois d'août dont le ciel pleut
Des étoiles sur les monts calmes
Ma songerie aux murs de palmes
Où l'air est bleu

Mes bras d'or mes faibles merveilles
Renaissent ma soif et ma faim
Collier collier des soirs sans fin
Où le cœur veille

Dire que je puis disparaître
Sans t'avoir tressé tous les joncs
Dispersé l'essaim des pigeons
À ta fenêtre

Sans faire flèche du matin
Flèche du trouble et de la fleur
De l'eau fraîche et de la douleur
Dont tu m'atteins

Est-ce qu'on sait ce qui se passe
C'est peut-être bien ce tantôt
Que l'on jettera le manteau
Dessus ma face

Et tout ce langage perdu
Ce trésor dans la fondrière
Mon cri recouvert de prières
Mon champ vendu

Je ne regrette rien qu'avoir
La bouche pleine de mots tus
Et dressé trop peu de statues
À ta mémoire

Ah tandis encore qu'il bat
Ce cœur usé contre sa cage
Pour Elle qu'un dernier saccage
La mette à bas

Coupez ma gorge et les pivoines
Vite apportez mon vin mon sang
Pour lui plaire comme en passant
Font les avoines

Il me reste si peu de temps
Pour aller au bout de moi-même
Et pour crier — dieu que je t'aime
Tant

Aragon

Chant d'automne

Bientôt nous plongerons dans les froides ténèbres ;
Adieu, vive clarté de nos étés trop courts !
J'entends déjà tomber avec des chocs funèbres
Le bois retentissant sur le pavé des cours.

Tout l'hiver va rentrer dans mon être : colère,
Haine, frissons, horreur, labeur dur et forcé,
Et, comme le soleil dans son enfer polaire,
Mon cœur ne sera plus qu'un bloc rouge et glacé.

J'écoute en frémissant chaque bûche qui tombe ;
L'échafaud qu'on bâtit n'a pas d'écho plus sourd.
Mon esprit est pareil à la tour qui succombe
Sous les coups du bélier infatigable et lourd.

Il me semble, bercé par ce choc monotone,
Qu'on cloue en grande hâte un cercueil quelque part ;
Pour qui ? — C'était hier l'été ; voici l'automne !
Ce bruit mystérieux sonne comme un départ.

Baudelaire

Interlude

Dis, quand reviendras-tu ?

Voilà combien de jours, voilà combien de nuits,
Voilà combien de temps que tu es reparti ?
Tu m'as dit : cette fois, c'est le dernier voyage,
Pour nos cœurs déchirés, c'est le dernier naufrage ;
Tu m'as dit au printemps je serai de retour,
Le printemps, c'est joli pour se parler d'amour ;
Nous irons voir ensemble les jardins refleurir
Et déambulerons dans les rues de Paris.

Dis, quand reviendras-tu ? Dis, au moins, le sais-tu
Que tout le temps qui passe ne se rattrape guère,
Que tout le temps perdu ne se rattrape plus ?

Le printemps s'est enfui depuis longtemps déjà,
Craquent les feuilles mortes, brûlent les feux de bois.
À voir Paris si beau en cette fin d'automne,
Soudain je m'alanguis, je rêve, je frissonne,
Je tangue, je chavire et, comme la rengaine,
Je vais, je viens, je vire, je tourne, je me traîne.
Ton image me hante, je te parle tout bas
Et j'ai le mal d'amour et j'ai le mal de toi.

Dis, quand reviendras-tu ? Dis, au moins le sais-tu
Que tout le temps qui passe ne se rattrape guère,
Que tout le temps perdu ne se rattrape plus ?

J'ai beau t'aimer encor, j'ai beau t'aimer toujours,
J'ai beau n'aimer que toi, j'ai beau t'aimer d'amour,
Si tu ne comprends pas qu'il te faut revenir,
Je ferai de nous deux mes plus beaux souvenirs,
Je reprendrai la route, le monde m'émerveille.
J'irai me réchauffer à un autre soleil.
Je ne suis pas de celles qui meurent de chagrin.
Je n'ai pas la vertu des femmes de marin.

Dis, quand reviendras-tu ? Dis, au moins le sais-tu
Que tout le temps qui passe ne se rattrape guère,
Que tout le temps perdu ne se rattrape plus ?

Barbara

Ne me quitte pas

Ne me quitte pas,
Il faut oublier,
Tout peut s'oublier
Qui s'enfuit déjà,
Oublier le temps
Des malentendus
Et le temps perdu
À savoir comment,
Oublier ces heures
Qui tuaient parfois
À coups de pourquoi
Le cœur du bonheur
Ne me quitte pas,
Ne me quitte pas,
Ne me quitte pas,
Ne me quitte pas.

Moi, je t'offrirai
Des perles de pluie
Venues de pays
Où il ne pleut pas.
Je creuserai la terre
Jusqu'après ma mort
Pour couvrir ton corps
D'or et de lumière.
Je ferai un domaine
Où l'amour sera roi,
Où l'amour sera loi,
Où tu seras reine.
Ne me quitte pas,
Ne me quitte pas,
Ne me quitte pas,
Ne me quitte pas.

Ne me quitte pas,
Je t'inventerai
Des mots insensés
Que tu comprendras.
Je te parlerai
De ces amants-là
Qui ont vu deux fois
Leurs cœurs s'embraser.
Je te raconterai
L'histoire de ce roi
Mort de n'avoir pas

Pu te rencontrer.
Ne me quitte pas,
Ne me quitte pas,
Ne me quitte pas,
Ne me quitte pas.

On a vu souvent
Rejaillir le feu
D'un ancien volcan
Qu'on croyait trop vieux.
Il est, paraît-il,
Des terres brûlées
Donnant plus de blé
Qu'un meilleur avril.
Et quand vient le soir,
Pour qu'un ciel flamboie,
Le rouge et le noir
Ne s'épousent-ils pas ?
Ne me quitte pas,
Ne me quitte pas,
Ne me quitte pas,
Ne me quitte pas.
Ne me quitte pas.
Je ne vais plus pleurer,
Je ne vais plus parler.
Je me cacherai là
À te regarder
Danser et sourire
Et à t'écouter
Chanter, et puis rire.
Laisse-moi devenir
L'ombre de ton ombre,
L'ombre de ta main,
L'ombre de ton chien.
Ne me quitte pas,
Ne me quitte pas,
Ne me quitte pas,
Ne me quitte pas.

Brel

Et maintenant buvons, car l'affaire était chaude.
C'est ainsi que Roland épousa la belle Aude.

Hugo

Vous qui cherchez à plaire,
Ne mangez pas l'enfant dont vous aimez la mère.

Hugo

Ces choses-là sont rudes ;
Il faut pour les comprendre avoir fait des études.

Hugo

Il dormait quelquefois à l'ombre de sa lance,
Mais peu.

Hugo

Alexandre à Persépolis

Au-delà de l'Araxe où bourdonne le gromphe,
Il regardait sans voir, l'orgueilleux Basileus,
Au pied du granit rose où poudroyait le leuss,
La blanche floraison des étoiles du romphe.

Accoudé sur l'Homère au coffret chrysogomphe,
Revois-tu ta patrie, ô jeune fils de Zeus,
La plaine ensoleillée où roule l'Enipeus
Et le marbre doré des murailles de Gomphe ?

Non ! Le roi qu'a troublé l'ivresse de l'arak,
Sur la terrasse où croît un grêle azedarac,
Vers le ciel, ébloui du vol vibrant du gomphe,

Levant ses yeux rougis par l'orgie et le vin,
Sentait monter en lui, comme un amer levain,
L'invincible dégoût de l'éternel triomphe.

Berthelot

Ce sont nos passions qui esquissent nos livres, le repos d'intervalle qui les écrit.

Proust

LES SOIRS D'AUTOMNE

Voici moins de plaisirs, mais voici moins de peines.
Le rossignol se tait ; se taisent les sirènes.

d'Aubigné

Vous souvient-il de l'auberge
Et combien j'y fus galant ?
Vous étiez en piqué blanc :
On eût dit la Sainte Vierge.

Un chemineau navarrais
Nous joua de la guitare.
Ah ! que j'aimais la Navarre
Et l'amour et le vin frais !

De l'auberge dans les Landes
Je rêve, et voudrais revoir
L'hôtesse au sombre mouchoir
Et la glycine en guirlandes.

Toulet

Jours devenus moments, moments filés de soie,
Délicieux moments, vous ne reviendrez plus.

La Fontaine

Ballade des Dames du temps jadis

Dites-moi où, n'en quel pays
Est Flora la belle Romaine,
Archipiades ne Thaïs
Qui fut sa cousine germaine;
Écho, parlant quand bruit on mène
Dessus rivière ou sur étang,
Qui beauté eut trop plus qu'humaine?
Mais où sont les neiges d'antan?

Où est la très sage Heloïs,
Pour qui fut châtré et puis moine
Pierre Esbaillart à Saint-Denis?
Pour son amour eut cette essoine.
Semblablement, où est la reine
Qui commanda que Buridan
Fût jeté en un sac en Seine?
Mais où sont les neiges d'antan?

La reine Blanche comme un lis
Qui chantoit à voix de seraine,
Berthe au grand pied, Bietrix, Aliz,
Haremburgis qui tint le Maine,
Et Jeanne, la bonne Lorraine,
Qu'Anglois brûlèrent à Rouen;

Où sont-ils, où, Vierge souvraine,
Mais où sont les neiges d'antan?

Prince, n'enquerrez de semaine
Où elles sont, ne de cet an,
Qu'à ce refrain ne vous remaine:
Mais où sont les neiges d'antan?

Villon

Le temps s'en va, le temps s'en va, ma Dame,
Las ! le temps non, mais nous nous en allons.

Ronsard

Ah ! que nous avons bien raison de dire que nous passons notre temps ! Nous le passons véritablement, et nous passons avec lui.

Bossuet

Chanson

À Saint-Blaise, à la Zuecca,
Vous étiez, vous étiez bien aise
        À Saint-Blaise.
À Saint-Blaise, à la Zuecca,
        Nous étions bien là.

Mais de vous en souvenir
        Prendrez-vous la peine ?
Mais de vous en souvenir
        Et d'y revenir,

À Saint-Blaise, à la Zuecca,
Dans les prés fleuris cueillir la verveine,
À Saint-Blaise, à la Zuecca,
        Vivre et mourir là !

Musset

Toutes ces choses sont passées
Comme l'ombre et comme le vent !

Hugo

Le Lac

Ainsi, toujours poussés vers de nouveaux rivages,
Dans la nuit éternelle emportés sans retour,
Ne pourrons-nous jamais sur l'océan des âges
Jeter l'ancre un seul jour ?

Ô lac ! l'année à peine a fini sa carrière,
Et près des flots chéris qu'elle devait revoir,
Regarde ! je viens seul m'asseoir sur cette pierre
Où tu la vis s'asseoir !...

Un soir, t'en souvient-il ? nous voguions en silence ;
On n'entendait au loin, sur l'onde et sous les cieux,
Que le bruit des rameurs qui frappaient en cadence
Tes flots harmonieux...

Ô lac ! rochers muets ! grottes ! forêt obscure !
Vous, que le temps épargne ou qu'il peut rajeunir,
Gardez de cette nuit, gardez, belle nature,
Au moins le souvenir !

Qu'il soit dans ton repos, qu'il soit dans tes orages,
Beau lac, et dans l'aspect de tes riants coteaux,
Et dans ces noirs sapins, et dans ces rocs sauvages
Qui pendent sur tes eaux.

Qu'il soit dans le zéphyr qui frémit et qui passe,
Dans les bruits de tes bords par tes bords répétés,
Dans l'astre au front d'argent qui blanchit ta surface
De ses molles clartés.

Que le vent qui gémit, le roseau qui soupire,
Que les parfums légers de ton air embaumé,
Que tout ce qu'on entend, l'on voit ou l'on respire,
Tout dise : Ils ont aimé !

Lamartine

Je hais les pleurards, les rêveurs à nacelles,
Les amants de la nuit, des lacs, des cascatelles...

Musset

Lorsque tu étais vierge
(Le fus-tu ? le fus-tu ?),
Nous dînions à l'auberge
Du Caniche Poilu.

C'était une bicoque
Sous un vieux châtaignier :
Tonnelles pour églogue,
Lavoir et poulailler,

Bois sec à la muraille
Et rosiers aux carreaux.
À travers une paille
Tu suçais des sirops.

Guinguette au toit de chaume,
Mur d'ocre éclaboussé...
Un grand liseron jaune
Fleurit sur le passé.

Derème

Dieu a fait le monde de rien. Le rien perce.

Valéry

Tout ce qui est né pour finir n'est pas tout à fait sorti du néant, où il est aussitôt replongé.

Bossuet

Tristesse d'Olympio

Que peu de temps suffit pour changer toutes choses!
Nature au front serein comme vous oubliez!
Et comme vous brisez dans vos métamorphoses
Les fils mystérieux où nos cœurs sont liés!

Nos chambres de feuillage en halliers sont changées!
L'arbre où fut notre chiffre est mort ou renversé;
Nos roses dans l'enclos ont été ravagées
Par les petits enfants qui sautent le fossé...

La borne du chemin, qui vit des jours sans nombre,
Où jadis pour m'attendre elle aimait à s'asseoir,
S'est usée en heurtant, lorsque la route est sombre,
Les grands chars gémissants qui reviennent le soir.

La forêt ici manque et là s'est agrandie.
De tout ce qui fut nous presque rien n'est vivant;
Et, comme un tas de cendre éteinte et refroidie,
L'amas des souvenirs se disperse à tout vent!...

D'autres vont maintenant passer où nous passâmes.
Nous y sommes venus, d'autres vont y venir;
Et le songe qu'avaient ébauché nos deux âmes,
Ils le continueront sans pouvoir le finir...

D'autres auront nos champs, nos sentiers, nos
retraites ;
Ton bois, ma bien-aimée, est à des inconnus.
D'autres femmes viendront, baigneuses indiscrètes,
Troubler le flot sacré qu'ont touché tes pieds nus.

Quoi donc ! c'est vainement qu'ici nous nous
aimâmes !
Rien ne nous restera de ces coteaux fleuris
Où nous fondions notre être en y mêlant nos flammes !
L'impassible nature a déjà tout repris.

Oh ! dites-moi, ravins, frais ruisseaux, treilles mûres,
Rameaux chargés de nids, grottes, forêts, buissons,
Est-ce que vous ferez pour d'autres vos murmures ?
Est-ce que vous direz à d'autres vos chansons ?...

Répondez, vallon pur, répondez, solitude,
Ô nature abritée en ce désert si beau,
Lorsque nous dormirons tous deux dans l'attitude
Que donne aux morts pensifs la forme du tombeau,

Est-ce que vous serez à ce point insensible
De nous savoir couchés, morts avec nos amours,
Et de continuer votre fête paisible,
Et de toujours sourire et de chanter toujours ?...

Dieu nous prête un moment les prés et les fontaines,
Les grands bois frissonnants, les rocs profonds et
sourds,
Et les cieux azurés et les lacs et les plaines,
Pour y mettre nos cœurs, nos rêves, nos amours ;

Puis il nous les retire. Il souffle notre flamme ;
Il plonge dans la nuit l'antre où nous rayonnons ;

Il dit à la vallée où s'imprima notre âme
D'effacer notre trace et d'oublier nos noms.

Eh bien ! oubliez-nous, maison, jardin, ombrages !
Herbe, use notre seuil ! ronce, cache nos pas !
Chantez, oiseaux ! ruisseaux, coulez ! croissez, feuillages !
Ceux que vous oubliez ne vous oublieront pas.

Hugo

Cors de chasse

Les souvenirs sont cors de chasse
Dont meurt le bruit parmi le vent

Apollinaire

Pourquoi courez-vous tant, inutiles pensées,
Après un bien perdu qui ne peut revenir ?
Quoi ! ne savez-vous pas, chimères insensées,
Que d'un plaisir perdu triste est le souvenir ?

Durand

Souvenir

Les voilà, ces coteaux, ces bruyères fleuries
Et ces pas argentins sur le sable muet,
Ces sentiers amoureux, remplis de causeries,
Où son bras m'enlaçait.

Les voilà ces sapins à la sombre verdure,
Cette gorge profonde aux nonchalants détours,
Ces sauvages amis dont l'antique murmure
A bercé nos beaux jours.

Les voilà, ces buissons où toute ma jeunesse,
Comme un essaim d'oiseaux, chante au bruit de mes pas.
Lieux charmants, beau désert où passa ma maîtresse,
Ne m'attendiez-vous pas ?

Ah ! laissez-les couler, elles me sont bien chères,
Ces larmes que soulève un cœur encor blessé !
Ne les essuyez pas, laissez sur mes paupières
Ce voile du passé !...

Voyez ! la lune monte à travers ces ombrages.
Ton regard tremble encor, belle reine des nuits,

Mais du sombre horizon déjà tu te dégages
Et tu t'épanouis.

Ainsi de cette terre humide encor de pluie
Sortent sous tes rayons tous les parfums du jour;
Aussi calme, aussi pur de mon âme attendrie
Sort mon ancien amour...

La foudre maintenant peut tomber sur ma tête:
Jamais ce souvenir ne peut m'être arraché!
Comme le matelot brisé par la tempête,
Je m'y tiens attaché...

Je me dis seulement: «À cette heure, en ce lieu,
Un jour, je fus aimé, j'aimais, elle était belle.»
J'enfouis ce trésor dans mon âme immortelle
Et je l'emporte à Dieu.

Musset

Lettre à Juliette Récamier

Rome, mercredi saint, 15 avril (1829)

Je sors de la chapelle Sixtine, après avoir assisté à Ténèbres et entendu chanter le *Miserere*. Je me souvenais que vous m'aviez parlé de cette cérémonie et j'en étais, à cause de cela, cent fois plus touché.

Le jour s'affaiblissait, les ombres envahissaient lentement les fresques de la chapelle et l'on n'apercevait que quelques grands traits du pinceau de Michel-Ange. Les cierges, tour à tour éteints, laissaient échapper de leur lumière étouffée une légère fumée blanche, image assez naturelle de la vie que l'écriture compare à *une petite vapeur*. Les cardinaux étaient à genoux, le nouveau pape prosterné au même autel où quelques jours avant j'avais vu son prédécesseur ; l'admirable prière de pénitence et de miséricorde, qui avait succédé aux lamentations du prophète, s'élevait par intervalles dans le silence et la nuit. On se sentait accablé sous le grand mystère d'un Dieu mourant pour effacer les crimes des hommes. La catholique héritière sur ses sept collines était là avec tous ses souvenirs, mais au lieu de ces pontifes puissants, de ces cardinaux qui disputaient la préséance aux monarques, un pauvre vieux pape paralytique, sans famille et sans appui, des princes de l'Église sans éclat annonçaient la fin d'une puissance qui civilisa le monde moderne. Les chefs-d'œuvre des arts disparaissaient avec elle, s'effaçaient sur les murs et sur les voûtes du Vatican, palais à demi abandonné. Des étrangers curieux, séparés de l'unité de l'Église, assistaient en passant à la cérémonie et remplaçaient la communauté des fidèles. Une double tristesse s'emparait du cœur. Rome chrétienne en commémorant l'agonie du Christ avait l'air de célébrer la sienne, de redire pour la nouvelle Jérusalem les paroles que Jérôme adressait à l'ancienne. C'est une belle chose que Rome pour tout oublier, mépriser tout et mourir.

Chateaubriand

Le Vallon

Mon cœur, lassé de tout, même de l'espérance,
N'ira plus de ses vœux importuner le sort;
Prêtez-moi seulement, vallon de mon enfance,
Un asile d'un jour pour attendre la mort.

Voici l'étroit sentier de l'obscure vallée:
Du flanc de ces coteaux pendent des bois épais
Qui, courbant sur mon front leur ombre entremêlée,
Me couvrent tout entier de silence et de paix...

Mon cœur est en repos, mon âme est en silence;
Le bruit lointain du monde expire en arrivant,
Comme un son éloigné qu'affaiblit la distance,
À l'oreille incertaine apporté par le vent.

D'ici je vois la vie, à travers un nuage,
S'évanouir pour moi dans l'ombre du passé;
L'amour seul est resté; comme une grande image
Survit seule au réveil dans un songe effacé.

Repose-toi, mon âme, en ce dernier asile,
Ainsi qu'un voyageur qui, le cœur plein d'espoir,
S'arrête avant d'entrer aux portes de la ville
Et respire un moment l'air embaumé du soir.

Lamartine

Harmonie du soir

Voici venir les temps où vibrant sur sa tige
Chaque fleur s'évapore ainsi qu'un encensoir;
Les sons et les parfums tournent dans l'air du soir,
Valse mélancolique et langoureux vertige!

Chaque fleur s'évapore ainsi qu'un encensoir;
Le violon frémit comme un cœur qu'on afflige;
Valse mélancolique et langoureux vertige!
Le ciel est triste et beau comme un grand reposoir.

Le violon frémit comme un cœur qu'on afflige,
Un cœur tendre qui hait le néant vaste et noir!
Le ciel est triste et beau comme un grand reposoir;
Le soleil s'est noyé dans son sang qui se fige.

Un cœur tendre, qui hait le néant vaste et noir,
Du passé lumineux recueille tout vestige!
Le soleil s'est noyé dans son sang qui se fige...
Ton souvenir en moi luit comme un ostensoir!

Baudelaire

Tristesse

J'ai perdu ma force et ma vie,
Et mes amis et ma gaieté ;
J'ai perdu jusqu'à la fierté
Qui faisait croire à mon génie.

Musset

Lettre à Guy de Maupassant

Prenez garde à la tristesse. C'est un vice.

Flaubert

Chanson de Barberine

Beau chevalier qui partez pour la guerre,
Qu'allez-vous faire
Si loin d'ici ?
Voyez-vous pas que la nuit est profonde
Et que le monde
N'est que souci ?

Vous qui croyez qu'une amour délaissée
De la pensée
S'enfuit ainsi,
Hélas ! hélas ! chercheurs de renommée,
Votre fumée
S'envole aussi.

Beau chevalier qui partez pour la guerre,
Qu'allez-vous faire
Si loin de nous ?
J'en vais pleurer, moi qui me laissais dire
Que mon sourire
Était si doux.

Musset

Un départ pour la guerre

Ainsi dit l'illustre Hector, et il tend les bras à son fils.

Mais l'enfant se détourne et se rejette en criant sur le sein de sa nourrice à la belle ceinture : il prend peur à l'aspect de son père ; le bronze l'effraie et le panache aussi en crins de cheval, qu'il voit osciller, au sommet du casque, terrifiant. Son père éclate de rire, et sa mère également. Aussitôt, l'illustre Hector ôte le casque de sa tête : il le dépose, resplendissant, sur le sol. Après quoi, il prend son fils, et le couvre de baisers, et le berce en ses bras. Et il le remet dans les bras de sa femme ; et elle le reçoit sur son sein parfumé avec un rire en pleurs.

Homère

Pourquoi me tuez-vous? — Eh quoi, ne demeurez-vous pas de l'autre côté de l'eau? Mon ami, si vous demeuriez de ce côté, je serais un assassin et cela serait injuste de vous tuer de la sorte; mais puisque vous demeurez de l'autre côté, je suis un brave, et cela est juste

Pascal

Heureux ceux qui sont morts pour la terre charnelle,
Mais pouvu que ce fût dans une juste guerre.
Heureux ceux qui sont morts pour quatre coins de terre.
Heureux ceux qui sont morts d'une mort solennelle.

Heureux ceux qui sont morts dans les grandes batailles,
Couchés dessus le sol à la face de Dieu.
Heureux ceux qui sont morts sur un dernier haut lieu
Parmi tout l'appareil des grandes funérailles.

Heureux ceux qui sont morts pour des cités charnelles,
Car elles sont le corps de la cité de Dieu.
Heureux ceux qui sont morts pour leur âtre et leur feu
Et les pauvres honneurs des maisons paternelles,

Car elles sont l'image et le commencement
Et le corps et l'essai de la maison de Dieu.
Heureux ceux qui sont morts dans cet embrassement,
Dans l'étreinte d'honneur et le terrestre aveu...

Heureux ceux qui sont morts, car ils sont retournés
Dans ce premier terroir d'où Dieu les révoqua
Et dans ce reposoir d'où Dieu les convoqua.
Heureux les grands vaincus, les rois dépossédés...

Heureux ceux qui sont morts, car ils sont retournés
Dans ce premier terreau nourri de leur dépouille,
Dans ce premier caveau, dans la tourbe et la houille.
Heureux les grands vaincus, les rois désabusés.

Heureux les grands vainqueurs. Paix aux hommes de guerre.
Qu'ils soient ensevelis dans un dernier silence.
Que Dieu mette avec eux dans la juste balance
Un peu de ce terreau d'ordure et de poussière.

Que Dieu mette avec eux dans le juste plateau
Ce qu'ils ont tant aimé, quelques grammes de terre,
Un peu de cette vigne, un peu de ce coteau,
Un peu de ce ravin sauvage et solitaire...

Mère, voici vos fils qui se sont tant battus.
Qu'ils ne soient pas pesés comme Dieu pèse un ange.
Que Dieu mette avec eux un peu de cette fange
Qu'ils étaient en principe et sont redevenus.

Mère, voici vos fils et leur immense armée.
Qu'ils ne soient pas jugés sur leur seule misère.
Que Dieu mette avec eux un peu de cette terre
Qui les a tant perdus et qu'ils ont tant aimée.

Péguy

Trêve de doutes ! Penché sur le gouffre où la patrie a roulé, je suis son fils qui l'appelle, lui tient la lumière, lui montre la voie du salut. Beaucoup déjà m'ont rejoint. D'autres viendront, j'en suis sûr. Maintenant, j'entends la France me répondre. Au fond de l'abîme, elle se relève, elle marche, elle gravit la pente. Ah ! Mère, tels que nous sommes, nous voici pour vous servir !

de Gaulle

France, mère des arts, des armes et des lois,
Tu m'as nourri longtemps du lait de ta mamelle :
Ores, comme un agneau qui sa nourrice appelle
Je remplis de ton nom les antres et les bois.

Si tu m'as pour enfant avoué quelquefois,
Que ne me réponds-tu maintenant, ô cruelle ?
France, France, réponds à ma triste querelle.
Mais nul, sinon Écho, ne répond à ma voix.

Entre les loups cruels j'erre parmi la plaine ;
Je sens venir l'hiver, de qui la froide haleine
D'une tremblante horreur fait hérisser ma peau.

Las, tes autres agneaux n'ont faute de pâture,
Ils ne craignent le loup, le vent, ni la froidure :
Si ne suis-je pourtant le pire du troupeau.

du Bellay

Vieille France accablée d'Histoire, meurtrie de guerres et de révolutions, allant et venant sans relâche de la grandeur au déclin, mais redressée, de siècle en siècle, par le génie du renouveau !

Vieil homme, recru d'épreuves, détaché des entreprises, sentant venir le froid éternel, mais jamais las de guetter dans l'ombre la lueur de l'espérance !

de Gaulle

L'Affiche rouge

Vous n'aviez réclamé la gloire ni les larmes
Ni l'orgue ni la prière aux agonisants
Onze ans déjà que cela passe vite onze ans
Vous vous étiez servis simplement de vos armes
La mort n'éblouit pas les yeux des partisans

Vous aviez vos portraits sur les murs de nos villes
Noirs de barbe et de nuit hirsutes menaçants
L'affiche qui semblait une tache de sang
Parce qu'à prononcer vos noms sont difficiles
Y cherchait un effet de peur sur les passants

Tout avait la couleur uniforme du givre
À la fin février pour vos derniers moments
Et c'est alors que l'un de vous dit calmement
Bonheur à tous bonheur à ceux qui vont survivre
Je meurs sans haine en moi pour le peuple allemand

Adieu la peine et le plaisir adieu les roses
Adieu la vie adieu la lumière et le vent
Marie-toi sois heureuse et pense à moi souvent
Toi qui vas demeurer dans la beauté des choses
Quand tout sera fini plus tard en Erivan

Un grand soleil d'hiver éclaire la colline
Que la nature est belle et que le cœur me fend
La justice viendra sur nos pas triomphants
Ma Mélinée ô mon amour mon orpheline
Et je te dis de vivre et d'avoir un enfant

Ils étaient vingt et trois quand les fusils fleurirent
Vingt et trois qui donnaient leur cœur avant le temps
Vingt et trois étrangers et nos frères pourtant
Vingt et trois amoureux de vivre à en mourir
Vingt et trois qui criaient la France en s'abattant

Aragon

Le Déserteur

Monsieur le Président
Je vous fais une lettre
Que vous lirez peut-être
Si vous avez le temps
Je viens de recevoir
Mes papiers militaires
Pour partir à la guerre
Avant mercredi soir
Monsieur le Président
Je ne veux pas la faire
Je ne suis pas sur terre
Pour tuer des pauvres gens
C'est pas pour vous fâcher
Il faut que je vous dise
Ma décision est prise
Je m'en vais déserter

Depuis que je suis né
J'ai vu mourir mon père
J'ai vu partir mes frères
Et pleurer mes enfants
Ma mère a tant souffert
Qu'elle est dedans sa tombe
Et se moque des bombes

Et se moque des vers
Quand j'étais prisonnier
On m'a volé ma femme
On m'a volé mon âme
Et tout mon cher passé
Demain de bon matin
Je fermerai ma porte
Au nez des années mortes
J'irai sur les chemins

Je mendierai ma vie
Sur les routes de France
De Bretagne en Provence
Et je dirai aux gens
Refusez d'obéir
Refusez de la faire
N'allez pas à la guerre
Refusez de partir
S'il faut donner son sang
Allez donner le vôtre
Vous êtes bon apôtre
Monsieur le Président
Si vous me poursuivez
Prévenez vos gendarmes
Que je n'aurai pas d'armes
Et qu'ils pourront tirer

Vian

Et le peuple qui tremble aux frayeurs de la guerre,
Si ce n'est pour danser, n'orra plus de tambours.

Malherbe

Un état politique où des individus ont des millions de revenu, tandis que d'autres individus meurent de faim, peut-il subsister quand la religion n'est plus là avec ses espérances hors de ce monde pour expliquer le sacrifice ?...

À mesure que l'instruction descend dans ces classes inférieures, celles-ci découvrent la plaie secrète qui ronge l'ordre social irreligieux. La trop grande disproportion des conditions et des fortunes a pu se supporter tant qu'elle a été cachée ; mais aussitôt que cette disproportion a été généralement aperçue, le coup mortel a été porté. Recomposez, si vous le pouvez, les fictions aristocratiques ; essayez de persuader au pauvre, lorsqu'il saura bien lire et ne croira plus, lorsqu'il possédera la même instruction que vous, essayez de lui persuader qu'il doit se soumettre à toutes les privations tandis que son voisin possède mille fois le superflu : pour dernière ressource, il vous le faudra tuer.

Chateaubriand

Quand on aura allégé le plus possible les servitudes inutiles, évité les malheurs non nécessaires, il restera toujours, pour tenir en haleine les vertus héroïques de l'homme, la longue série des maux véritables, la mort, la vieillesse, les maladies non guérissables, l'amour non partagé, l'amitié rejetée ou trahie, la médiocrité d'une vie moins vaste que nos projets et plus terne que nos songes : tous les malheurs causés par la divine nature des choses.

Yourcenar

Chanson d'automne

Les sanglots longs
Des violons
        De l'automne
Blessent mon cœur
D'une langueur
        Monotone.

Tout suffocant
Et blême, quand
        Sonne l'heure,
Je me souviens
Des jours anciens
        Et je pleure.

Et je m'en vais
Au vent mauvais
        Qui m'emporte
Deçà, delà,
Pareil à la
        Feuille morte.

Verlaine

L'Isolement

Souvent sur la montagne, à l'ombre du vieux chêne,
Au coucher du soleil, tristement je m'assieds ;
Je promène au hasard mes regards sur la plaine
Dont le tableau changeant se déroule à mes pieds...

Mais à ces doux tableaux mon âme indifférente
N'éprouve devant eux ni charme ni transports ;
Je contemple la terre ainsi qu'une ombre errante :
Le soleil des vivants n'échauffe plus les morts...

Que le tour du soleil ou commence ou s'achève,
D'un œil indifférent je le suis dans son cours ;
En un ciel sombre ou pur qu'il se couche ou se lève,
Qu'importe le soleil ? Je n'attends rien des jours...

Quand la feuille des bois tombe dans la prairie,
Le vent du soir s'élève et l'arrache aux vallons ;
Et moi, je suis semblable à la feuille flétrie :
Emportez-moi comme elle, orageux aquilons !

Lamartine

Le ciel est, par-dessus le toit,
Si bleu, si calme!
Un arbre, par-dessus le toit,
Berce sa palme.

La cloche dans le ciel qu'on voit
Doucement tinte.
Un oiseau sur l'arbre qu'on voit
Chante sa plainte.

Mon Dieu, mon Dieu, la vie est là,
Simple et tranquille.
Cette paisible rumeur-là
Vient de la ville.

Qu'as-tu fait, ô toi que voilà,
Pleurant sans cesse,
Dis, qu'as-tu fait, toi que voilà,
De ta jeunesse?

Verlaine

À un fondateur de ville

Las de poursuivre en vain l'Ophir insaisissable,
Tu fondas, en un pli de ce golfe enchanté
Où l'étendard royal par tes mains fut planté,
Une Carthage neuve au pays de la Fable.

Tu voulais que ton nom ne fût point périssable
Et tu crus l'avoir bien pour toujours cimenté
À ce mortier sanglant dont tu fis ta cité ;
Mais ton espoir, soldat, fut bâti sur du sable.

Carthagène, étouffant sous le torride azur,
Avec ses noirs palais voit s'écrouler ton mur
Dans l'océan fiévreux qui dévore la grève ;

Et seule à ton cimier brille, ô conquistador,
Héraldique témoin des splendeurs de ton rêve,
Une ville d'argent qu'ombrage un palmier d'or.

Heredia

Chacun s'accroche comme il peut à sa mauvaise étoile.

Cioran

La Plata

Ni les attraits des plus aimables Argentines
Ni les courses à cheval dans la pampa
N'ont le pouvoir de distraire de son spleen
Le consul général de France à La Plata!

Levet

Il pleure dans mon cœur
Comme il pleut sur la ville ;
Quelle est cette langueur
Qui pénètre mon cœur ?

Ô bruit doux de la pluie
Par terre et sur les toits !
Pour un cœur qui s'ennuie
Ô le chant de la pluie.

C'est bien la pire peine
De ne savoir pourquoi,
Sans amour et sans haine,
Mon cœur a tant de peine.

Verlaine

L'Automne

Salut ! bois couronnés d'un reste de verdure,
Feuillages jaunissants sur les gazons épars !
Salut, derniers beaux jours ! le deuil de la nature
Convient à la douleur et plaît à mes regards !

Je suis d'un pas rêveur le sentier solitaire,
J'aime à revoir encor, pour la dernière fois,
Ce soleil pâlissant dont la faible lumière
Perce à peine à mes pieds l'obscurité des bois !

Oui, dans ces jours d'automne où la nature expire,
À ses regards voilés je trouve plus d'attraits ;
C'est l'adieu d'un ami, c'est le dernier sourire
Des lèvres que la mort va fermer pour jamais.

Ainsi, prêt à quitter l'horizon de la vie,
Pleurant de mes longs jours l'espoir évanoui,
Je me retourne encore, et d'un regard d'envie
Je contemple ses biens dont je n'ai pas joui !

Terre, soleil, vallon, belle et douce nature
Je vous dois une larme aux bords de mon tombeau ;
L'air est si parfumé, la lumière est si pure !
Aux regards d'un mourant le soleil est si beau !

Lamartine

Les Séparés

N'écris pas ! Je suis triste, et je voudrais m'éteindre ;
Les beaux étés sans toi, c'est la nuit sans flambeau.
J'ai refermé mes bras qui ne peuvent t'atteindre
Et frapper à mon cœur, c'est frapper au tombeau.
N'écris pas !

N'écris pas ! N'apprenons qu'à mourir à nous-mêmes.
Ne demande qu'à Dieu... qu'à toi si je t'aimais.
Au fond de ton absence écouter que tu m'aimes,
C'est entendre le ciel sans y monter jamais.
N'écris pas !

N'écris pas ! Je te crains ; j'ai peur de ma mémoire ;
Elle a gardé ta voix qui m'appelle souvent.
Ne montre pas l'eau vive à qui ne peut la boire.
Une chère écriture est un portrait vivant.
N'écris pas !

N'écris pas les deux mots que je n'ose plus lire.
Il semble que ta voix les répand sur mon cœur,
Que je les vois briller à travers ton sourire ;
Il semble qu'un baiser les empreint sur mon cœur.
N'écris pas !

Desbordes-Valmore

Lettre à Jean-Jacques Ampère

Je ne sais, Monsieur, dans quelle échelle cette lettre vous rencontrera ; si j'avais à choisir le lieu, je désirerais que ma réponse à vos lignes affectueuses de Rome vous atteignît à Athènes : vous auriez changé de ruines, et moi je n'aurais pas changé de pensées. Au-delà d'Athènes, il n'y a plus rien pour moi. Faites bien mes adieux au mont Hymette où j'ai laissé des abeilles ; au cap Sunium où j'ai entendu des grillons ; et au Pirée où la vague venait mourir à mes pieds dans le tombeau de Thémistocle. Il me faudra bientôt renoncer à tout ; j'erre encore dans ma mémoire, au milieu de mes souvenirs, mais ils s'effaceront ; et vous savez, Monsieur, que j'ai chargé mes jeunes amis du soin de prolonger un peu ma vie.

Nous parlons sans cesse de vous, à l'Abbaye-aux-Bois, avec Mme Récamier, par qui nous existons encore. Nous nous reverrons dans quelques mois ; nous espérons vos beaux récits. Je m'attendrirai en vous écoutant, comme le voyageur qui se retourne et voit derrière lui le pays qu'il a traversé. Mais vous n'aurez retrouvé ni une feuille des oliviers ni un grain des raisins que j'ai vus dans l'Attique. Je regrette jusqu'à l'herbe de mon temps : je n'ai pas eu la force de faire vivre une bruyère.

Chateaubriand

Myrtho

Je pense à toi, Myrtho, divine enchanteresse,
Au Pausilippe altier, de mille feux brillant,
À ton front inondé des clartés d'Orient,
Aux raisins noirs mêlés avec l'or de ta tresse.

C'est dans ta coupe aussi que j'avais bu l'ivresse,
Et dans l'éclair furtif de ton œil souriant,
Quand aux pieds d'Iacchus on me voyait priant,
Car la Muse m'a fait l'un des fils de la Grèce.

Je sais pourquoi là-bas le volcan s'est rouvert...
C'est qu'hier tu l'avais touché d'un pied agile,
Et de cendres soudain l'horizon s'est couvert.

Depuis qu'un duc normand brisa tes dieux d'argile,
Toujours, sous les rameaux du laurier de Virgile,
Le pâle hortensia s'unit au myrte vert!

Nerval

Amants, heureux amants, voulez-vous voyager ?

La Fontaine

En ce temps-là j'étais en mon adolescence
J'avais à peine seize ans et je ne me souvenais déjà plus de mon enfance
J'étais à 16 000 lieues du lieu de ma naissance
J'étais à Moscou dans la ville des mille et trois clochers des sept gares
Et je n'avais pas assez des sept gares et des mille et trois tours
Car mon adolescence était si ardente et si folle
Que mon cœur tour à tour brûlait comme le temple d'Éphèse ou comme la place Rouge de Moscou
Quand le soleil se couche...

Tous les visages entrevus dans les gares
Toutes les horloges
L'heure de Paris l'heure de Berlin l'heure de Saint-Pétersbourg et l'heure de toutes les gares
Et à Oufa le visage sanglant du canonnier
Et le cadran bêtement lumineux de Grodno
Et l'avance perpétuelle du train
Tous les matins on met les montres à l'heure
Le train avance et le soleil retarde
Rien n'y fait, j'entends les cloches sonores
Le gros bourdon de Notre-Dame

La cloche aigrelette du Louvre qui sonna la Barthélemy
Les carillons rouillés de Bruges-la-Morte
Les sonneries électriques de la bibliothèque de New York
Les campanes de Venise
Et les cloches de Moscou, l'horloge de la Porte-Rouge qui me comptait les heures quand j'étais dans un bureau
Et mes souvenirs
Le train tonne sur les plaques tournantes
Le train roule
Un gramophone grasseye une marche tzigane
Et le monde, comme l'horloge du quartier juif de Prague, tourne éperdument à rebours.

Cendrars

Car j'ai de grands départs inassouvis en moi.

La Ville de Mirmont

Ode

Prête-moi ton grand bruit, ta grande allure si douce,
Ton glissement nocturne à travers l'Europe illuminée,
Ô train de luxe! Et l'angoissante musique
Qui bruit le long de tes couloirs de cuir doré,
Tandis que derrière les portes laquées, aux loquets
de cuivre lourd,
Dorment les millionnaires.
Je parcours en chantonnant tes couloirs
Et je suis ta course vers Vienne et Budapesth
Mêlant ma voix à tes cent mille voix,
Ô Harmonika-Zug!

J'ai senti pour la première fois toute la douceur de
vivre
Dans une cabine du Nord-Express, entre Wirballen
et Pskow.
On glissait à travers des prairies où des bergers,
Au pied de groupes de grands arbres pareils à des
collines,
Étaient vêtus de peaux de mouton crues et sales...
(Huit heures du matin en automne, et la belle can-
tatrice
Aux yeux violets chantait dans la cabine à côté.)

Et vous, grandes places à travers lesquelles j'ai vu passer la Sibérie et les monts du Samnium,
La Castille âpre et sans fleurs, et la mer de Marmara sous une pluie tiède!

Prêtez-moi, ô Orient-Express, Sud-Brenner-Bahn, prêtez-moi
Vos miraculeux bruits sourds et
Vos vibrantes voix de chanterelle;
Prêtez-moi la respiration légère et facile
Des locomotives hautes et minces, aux mouvements
Si aisés, les locomotives des rapides,
Précédant sans effort quatre wagons jaunes à lettres d'or
Dans les solitudes montagnardes de la Serbie,
Et, plus loin, à travers la Bulgarie pleine de roses...

Ah! il faut que ce bruit et que ce mouvement
Entrent dans mes poèmes et disent
Pour moi ma vie indicible, ma vie
D'enfant qui ne veut rien savoir, sinon
Espérer éternellement des choses vagues.

Larbaud

Je suis en route
J'ai toujours été en route
Je suis en route avec la petite Jehanne de France
Le train fait un saut périlleux et retombe sur toutes
ses roues
Le train retombe sur ses roues
Le train retombe toujours sur toutes ses roues

« Blaise, dis, sommes-nous bien loin de Montmartre ? »

J'ai passé mon enfance dans les jardins suspendus
de Babylone
Et l'école buissonnière dans les gares devant les
trains en partance...

Cendrars

Toi qui pâlis au nom de Vancouver...

Thiry

Le Voyage

Pour l'enfant amoureux de cartes et d'estampes,
L'univers est égal à son vaste appétit.
Ah! que le monde est grand à la clarté des lampes!
Aux yeux du souvenir que le monde est petit!

Un matin nous partons, le cerveau plein de flamme,
Le cœur gros de rancune et de désirs amers,
Et nous allons, suivant le rythme de la lame,
Berçant notre infini sur le fini des mers:

Les uns, joyeux de fuir une patrie infâme,
D'autres, l'horreur de leurs berceaux, et quelques-uns,
Astrologues noyés dans les yeux d'une femme,
La Circé tyrannique aux dangereux parfums...

Mais les vrais voyageurs sont ceux-là seuls qui partent
Pour partir; cœurs légers, semblables aux ballons
De leur fatalité jamais ils ne s'écartent
Et, sans savoir pourquoi, disent toujours: Allons!..

Singulière fortune où le but se déplace
Et, n'étant nulle part, peut être n'importe où!
Où l'homme, dont jamais l'espérance n'est lasse,
Pour trouver le repos court toujours comme un fou!

Notre âme est un trois-mâts cherchant son Icarie,
Une voix retentit sur le pont : « Ouvre l'œil ! »
Une voix de la hune, ardente et folle, crie :
« Amour... gloire... bonheur ! » Enfer ! c'est un écueil !...

Étonnants voyageurs ! quelles nobles histoires
Nous lisons dans vos yeux profonds comme les mers !
Montrez-nous les écrins de vos riches mémoires,
Ces bijoux merveilleux, faits d'astres et d'éthers...

Amer savoir, celui qu'on tire du voyage !
Le monde, monotone et petit, aujourd'hui,
Hier, demain, toujours nous fait voir notre image :
Une oasis d'horreur dans un désert d'ennui !

Faut-il partir ? rester ? Si tu peux rester, reste ;
Pars s'il le faut. L'un court et l'autre se tapit
Pour tromper l'ennemi vigilant et funeste,
Le Temps !...

Ô Mort, vieux capitaine, il est temps ! levons l'ancre !
Ce pays nous ennuie, ô Mort ! Appareillons !
Si le ciel et la mer sont noirs comme de l'encre,
Nos cœurs que tu connais sont remplis de rayons !

Verse-nous ton poison pour qu'il nous réconforte !
Nous voulons, tant ce feu nous brûle le cerveau,
Plonger au fond du gouffre, Enfer ou Ciel, qu'importe ?
Au fond de l'Inconnu pour trouver du *nouveau* !

Baudelaire

Au seul souci de voyager
Outre une Inde splendide et trouble
— Ce salut soit le messager
Du temps, cap que ta poupe double

Comme sur quelque vergue bas
Plongeante avec la caravelle
Écumait toujours en ébats
Un oiseau d'annonce nouvelle

Qui criait monotonement
Sans que la barre ne varie
Un inutile gisement
Nuit, désespoir et pierrerie

Par son chant reflété jusqu'au
Sourire du pâle Vasco.

Mallarmé

Outwards

L'*Armand-Béhic* (des Messageries Maritimes)
File quatorze nœuds sur l'Océan Indien...
Le soleil se couche en des confitures de crimes
Dans cette mer plate comme avec la main.

Levet

Dans l'Orient désert quel devint mon ennui !

Racine

Venise

Dans Venise la rouge,
Pas un bateau ne bouge,
Pas un pêcheur dans l'eau,
Pas un falot.

Seul, assis à la grève,
Le grand lion soulève,
Sur l'horizon serein,
Son pied d'airain.

Autour de lui, par groupes,
Navires et chaloupes,
Pareils à des hérons,
Couchés en rond,

Dorment sous l'eau qui fume
Et croisent dans la brume
En légers tourbillons
Leurs pavillons.

La lune qui s'efface
Couvre son front qui passe
D'un nuage étoilé
Demi-voilé.

Ainsi, la dame abbesse
De Sainte-Croix rabaisse
Sa cape aux vastes plis
Sur son surplis.

Et les palais antiques,
Et les graves portiques,
Et les blancs escaliers
Des chevaliers,

Et les ponts, et les rues,
Et les mornes statues,
Et le golfe mouvant,
Qui tremble au vent,

Tout se tait, fors les gardes
Aux longues hallebardes
Qui veillent aux créneaux
Des arsenaux.

— Ah ! maintenant plus d'une
Attend, au clair de lune,
Quelque jeune muguet,
L'oreille au guet.

Pour le bal qu'on prépare,
Plus d'une qui se pare
Met devant son miroir
Le masque noir.

Sur sa couche embaumée,
La Vanina pâmée
Presse encor son amant
En s'endormant ;

Et Narcissa, la folle,
Au fond de sa gondole,
S'oublie en un festin
Jusqu'au matin.

Et qui, dans l'Italie,
N'a son grain de folie ?
Qui ne garde aux amours
Ses plus beaux jours ?

Laissons la vieille horloge,
Au palais du vieux doge,
Lui compter de ses nuits
Les longs ennuis.

Comptons plutôt, ma belle,
Sur ta bouche rebelle,
Tant de baisers donnés..
Ou pardonnés.

Comptons plutôt tes charmes,
Comptons les douces larmes
Qu'à nos yeux a coûté
La volupté !

Musset

D'une amitié passionnée
Vous me parlez encor,
Azur, aérien décor,
Montagne Pyrénée,

Où me trompa si tendrement
Cette ardente ingénue
Qui mentait, fût-ce toute nue,
Sans rougir seulement.

Au lieu que toi, sublime enceinte,
Tu es couleur du temps :
Neige en mars, roses au printemps...
Août, sombre hyacinthe.

Toulet

Chanson des pirates

Rapides comme des liqueurs
Qui passent devant la douane,
Sur la galère panamane
Nous étions quatre cents rameurs.

Ponchon

Les voyages

Un petit vertige pour couillons.

Céline

Heureux qui comme Ulysse a fait un beau voyage
Ou comme cestui-là qui conquit la Toison
Et puis est retourné, plein d'usage et raison,
Vivre entre ses parents le reste de son âge !

Quand reverrai-je, hélas ! de mon petit village
Fumer la cheminée ? Et en quelle saison
Reverrai-je le clos de ma pauvre maison
Qui m'est une province, et beaucoup davantage ?

Plus me plaît le séjour qu'ont bâti mes aïeux
Que des palais romains le front audacieux ;
Plus que le marbre dur me plaît l'ardoise fine,

Plus mon Loyre gaulois que le Tibre latin,
Plus mon petit Liré que le mont Palatin
Et plus que l'air marin la douceur angevine.

du Bellay

Poème à l'étrangère

« Non point des larmes — l'aviez-vous cru ? — mais ce mal de la vue qui nous vient, à la longue, d'une trop grande fixité du glaive sur toutes braises de ce monde,

« (ô sabre de Strogoff à hauteur de nos cils !)

« Peut-être aussi l'épine, sous la chair, d'une plus jeune ronce au cœur des femmes de ma race ; et j'en conviens aussi, l'abus de ces trop longs cigares de veuve jusqu'à l'aube, parmi le peuple de mes lampes,

« dans tout ce bruit de grandes eaux que fait la nuit du Nouveau Monde.

« ... Vous qui chantez — c'est votre chant — vous qui chantez tous bannissements au monde, ne me chanterez-vous pas un chant du soir à la mesure de mon mal ? un chant de grâce pour mes lampes,

« un chant de grâce pour l'attente et pour l'aube plus noire au cœur des althæas ?

« De la violence sur la terre, il nous est fait si large mesure... Ô vous, homme de France, ne ferez-vous pas encore que j'entende, sous l'humaine saison, parmi les cris des martinets et toutes cloches ursulines, monter dans l'or des pailles et dans la poudre de vos Rois

«un rire de lavandière aux ruelles de pierre?

«Ne dites pas qu'un oiseau chante et qu'il est, sur mon toit, vêtu de très beau rouge, comme Prince d'Église. Ne dites pas — vous l'avez vu — que l'écureuil est sur la véranda; et l'enfant-aux-journaux, les Sœurs quêteuses et le laitier. Ne dites pas qu'à fond de ciel

«un couple d'aigles, depuis hier, tient la ville sous le charme de ses grandes manières.

«Car tout cela est-il bien vrai, qui n'a d'histoire ni de sens, qui n'a de trêve ni mesure?... Oui, tout cela qui n'est pas clair, et ne m'est rien, et pèse moins qu'à mes mains nues de femme une clé d'Europe teinte de sang... Ah! tout cela est-il bien vrai?... (et qu'est-ce encore, sur mon seuil,

«que cet oiseau vert-bronze, d'allure peu catholique, qu'ils appellent Starling?)»

«Rue Gît-le-Cœur... Rue Gît-le-Cœur...» chantent tout bas les cloches en exil, et ce sont là méprises de leur langue d'étrangères.

Saint-John Perse

L'homme n'a pas besoin de voyager pour s'agrandir ; il porte avec lui l'immensité.

Chateaubriand

Veux-tu connaître le monde ?
Ferme les yeux, Rosemonde.

Giraudoux

Voyager, c'est bien utile, ça fait travailler l'imagination. Tout le reste n'est que déception et fatigue. Notre voyage à nous est entièrement imaginaire. Voilà sa force.

Et puis tout le monde peut en faire autant. Il suffit de fermer les yeux. C'est de l'autre côté de la vie.

Céline

Éventail de Mademoiselle Mallarmé

Ô rêveuse, pour que je plonge
Au pur délice sans chemin,
Sache, par un subtil mensonge,
Garder mon aile dans ta main.

Une fraîcheur de crépuscule
Te vient à chaque battement
Dont le coup prisonnier recule
L'horizon délicatement.

Vertige ! voici que frissonne
L'espace comme un grand baiser
Qui, fou de naître pour personne,
Ne peut jaillir ni s'apaiser.

Sens-tu le paradis farouche
Ainsi qu'un rire enseveli
Se couler du coin de ta bouche
Au fond de l'unanime pli !

Le sceptre des rivages roses
Stagnant sur les soirs d'or, ce l'est
Ce blanc vol fermé que tu poses
Contre le feu d'un bracelet.

Mallarmé

Tircis, il faut penser à faire la retraite :
La course de nos jours est plus qu'à demi faite ;
L'âge insensiblement nous conduit à la mort.
Nous avons assez vu sur la mer de ce monde
Errer au gré des flots notre nef vagabonde ;
Il est temps de jouir des délices du port.

Racan

La Belle Vieille

Cloris, que dans mon cœur j'ai si longtemps servie
Et que ma passion montre à tout l'univers,
Ne veux-tu pas changer le destin de ma vie
Et donner de beaux jours à mes derniers hivers ?

N'oppose plus ton deuil au bonheur où j'aspire
Ton visage est-il fait pour demeurer voilé ?
Sors de ta nuit funèbre et permets que j'admire
Les divines clartés des yeux qui m'ont brûlé...

Pour adoucir l'aigreur des peines que j'endure,
Je me plains aux rochers et demande conseil
À ces vieilles forêts dont l'épaisse verdure
Fait de si belles nuits en dépit du soleil.

L'âme pleine d'amour et de mélancolie,
Et couché sur des fleurs et sous des orangers,
J'ai montré ma blessure aux deux mers d'Italie
Et fait dire ton nom aux échos étrangers...

Regarde sans frayeur la fin de toutes choses,
Consulte le miroir avec des yeux contents.
On ne voit point tomber ni tes lis ni tes roses,
Et l'hiver de ta vie est ton second printemps.

Pour moi, je cède aux ans ; et ma tête chenue
M'apprend qu'il faut quitter les hommes et le jour.
Mon sang se refroidit, ma force diminue.
Et je serais sans feu si j'étais sans amour.

Maynard

Le Bateau ivre

Comme je descendais des Fleuves impassibles,
Je ne me sentis plus guidé par les haleurs :
Des Peaux-Rouges criards les avaient pris pour cibles
Les ayant cloués nus aux poteaux de couleurs.

J'étais insoucieux de tous les équipages,
Porteur de blés flamands ou de cotons anglais.
Quand avec mes haleurs ont fini ces tapages,
Les Fleuves m'ont laissé descendre où je voulais.

Dans les clapotements furieux des marées,
Moi, l'autre hiver, plus sourd que les cerveaux d'enfants,
Je courus ! Et les Péninsules démarrées
N'ont pas subi tohu-bohus plus triomphants.

La tempête a béni mes éveils maritimes.
Plus léger qu'un bouchon, j'ai dansé sur les flots
Qu'on appelle rouleurs éternels de victimes,
Dix nuits sans regretter l'œil niais des falots !...

Je sais les cieux crevant en éclairs, et les trombes
Et les ressacs et les courants : je sais le soir,

L'Aube exaltée ainsi qu'un peuple de colombes,
Et j'ai vu quelquefois ce que l'homme a cru voir!

J'ai vu le soleil bas, taché d'horreurs mystiques,
Illuminant de longs figements violets,
Pareils à des acteurs de drames très antiques,
Les flots roulant au loin leurs frissons de volets!

J'ai rêvé la nuit verte aux neiges éblouies,
Baiser montant aux yeux des mers avec lenteurs,
La circulation des sèves inouïes,
Et l'éveil jaune et bleu des phosphores chanteurs!

J'ai suivi, des mois pleins, pareille aux vacheries
Hystériques, la houle à l'assaut des récifs,
Sans songer que les pieds lumineux des Maries
Pussent forcer le mufle aux Océans poussifs!

J'ai heurté, savez-vous, d'incroyables Florides
Mêlant aux fleurs des yeux de panthères à peaux
D'hommes! Des arcs-en-ciel tendus comme des brides
Sous l'horizon des mers, à de glauques troupeaux!...

Or moi, bateau perdu sous les cheveux des anses,
Jeté par l'ouragan dans l'éther sans oiseau,
Moi dont les Monitors et les voiliers des Hanses
N'auraient pas repêché la carcasse ivre d'eau;

Libre, fumant, monté de brumes violettes,
Moi qui trouais le ciel rougeoyant comme un mur
Qui porte, confiture exquise aux bons poètes,
Des lichens de soleil et des morves d'azur,

Qui courais, taché de lunules électriques,
Planche folle, escorté des hippocampes noirs,

Quand les juillets faisaient crouler à coups de triques
Les cieux ultramarins aux ardents entonnoirs ;

Moi qui tremblais, sentant geindre à cinquante lieues
Le rut des Béhémots et les maelströms épais,
Fileur éternel des immobilités bleues,
Je regrette l'Europe aux anciens parapets !

J'ai vu des archipels sidéraux ! et des îles
Dont les cieux délirants sont ouverts au vogueur :
— Est-ce en ces nuits sans fond que tu dors et t'exiles,
Million d'oiseaux d'or, ô future Vigueur ?

Mais, vrai, j'ai trop pleuré ! les Aubes sont navrantes.
Toute lune est atroce et tout soleil amer :
L'âcre amour m'a gonflé de torpeurs enivrantes.
Ô que ma quille éclate ! Ô que j'aille à la mer !

Rimbaud

Le Pont Mirabeau

Sous le pont Mirabeau coule la Seine
Et nos amours
Faut-il qu'il m'en souvienne
La joie venait toujours après la peine

Vienne la nuit sonne l'heure
Les jours s'en vont je demeure

Les mains dans la main restons face à face
Tandis que sous
Le pont de nos bras passe
Des éternels regards l'onde si lasse

Vienne la nuit sonne l'heure
Les jours s'en vont je demeure

L'amour s'en va comme cette eau courante
L'amour s'en va
Comme la vie est lente
Et comme l'Espérance est violente

Vienne la nuit sonne l'heure
Les jours s'en vont je demeure

Passent les jours et passent les semaines
Ni temps passé
Ni les amours reviennent
Sous le pont Mirabeau coule la Seine

Vienne la nuit sonne l'heure
Les jours s'en vont je demeure

Apollinaire

Interlude

Les Amants d'un jour

Moi j'essuie les verres
Au fond du café.
J'ai bien trop à faire
Pour pouvoir rêver.

Et dans ce décor
Banal à pleurer,
Il me semble encore
Les voir arriver.

Ils sont arrivés,
Se tenant par la main,
L'air émerveillé
De deux chérubins
Portant le soleil.
Ils ont demandé,

D'une voix tranquille
Un coin pour s'aimer
Au cœur de la ville.
Et je me rappelle
Qu'ils ont regardé
D'un air attendri

La chambre d'hôtel
Au papier jauni.
Et quand j'ai fermé
La porte sur eux,
Y avait tant de soleil
Au fond de leurs yeux

Que ça m'a fait mal,
Que ça m'a fait mal.

Moi, j'essuie les verres
Au fond du café.
J'ai bien trop à faire
Pour pouvoir rêver.

Et dans ce décor
Banal à pleurer,
C'est corps contre corps
Qu'on les a trouvés.

On les a trouvés,
Se tenant par la main,
Les yeux refermés
Sur d'autres matins
Emplis de soleil.
On les a trouvés,

Unis et tranquilles
Dans un lit creusé
Au cœur de la ville.
Et je me rappelle
Avoir refermé,
Dans le petit jour,

La chambre d'hôtel
Des amants d'un jour.

Mais ils m'ont planté
Tout au fond du cœur
Un bout d'leur soleil
Et tant de chaleur

Que ça m'a fait mal,
Que ça m'a fait mal.

Moi j'essuie les verres
Au fond du café
J'ai bien trop à faire
Pour pouvoir rêver.

Et dans ce décor
Banal à pleurer,
Y a toujours dehors
La chambre à louer.

Piaf
(Claude Delecluze-Michelle Sentis)

Petite suite vénitienne

L'eau luit ; le marbre s'ébrèche ;
Les rames se font écho
Quand on passe à l'ombre fraîche
Du palais Rezzonico.

Au vent frais de la lagune
Qui l'oriente à son gré,
Tu fais tourner ta Fortune,
O Dogana di mare !

Le soleil chauffe les dalles
Sur le quai des Esclavons ;
Tes détours et tes dédales,
Venise, nous les savons !

Car, sinueuse et délicate
Comme l'œuvre de ses fuseaux,
Venise est semblable à l'agate
Avec ses veines de canaux.

Régnier

Il fait bon voir, Magny, ces couillons magnifiques,
Leur superbe Arsenal, leurs vaisseaux, leur abord,
Leur Saint-Marc, leur Palais, leur Realte, leur port,
Leurs changes, leurs profits, leurs banques et leurs trafiques.

Il fait bon voir le bec de leurs chapprons antiques,
Leurs robes à grand'manche et leurs bonnets sans bord,
Leur parler tout grossier, leur gravité, leur port
Et leurs sages avis aux affaires publiques.

Il fait bon voir de tout leur Sénat ballotter ;
Il fait bon voir partout leurs gondoles flotter ;
Leurs femmes, leurs festins, leur vivre solitaire.

Mais ce qu'on en doit le meilleur estimer,
C'est quand ces vieux cocus vont épouser la mer
Dont ils sont les maris, et le Turc l'adultère.

du Bellay

La Complainte de Mandrin

Z'étions rassemblés trente,
Trente brigands ensemble,
Tous habillés de blanc.
À la mode... vous m'entendez,
Tous habillés de blanc
À la mode des marchands.

La première volerie
Que j'ai faite dans ma vie,
C'est d'avoir goupillé
La bourse d'un... vous m'entendez,
C'est d'avoir goupillé
La bourse d'un curé.

J'entrai dedans sa chambre,
Mon Dieu! qu'elle était grande!
Y avait mille écus.
Je mis la main... vous m'entendez,
Y avait mille écus.
Je mis la main dessus.

J'entrai dedans une autre,
Mon Dieu ! qu'elle était haute !
Tant robes que manteaux.
J'en chargeai quatre... vous m'entendez,
Tant robes que manteaux.
J'en chargeai quatre chariots.

Je les menai pour vendre
À la foire en Hollande ;
Les vendis bon marché.
Ils m'avaient rien... vous m'entendez,
Les vendis bon marché :
Ils m'avaient rien coûté.

Ces messieurs de Grenoble,
Avec leurs grandes robes
Et leurs bonnets carrés,
Ils m'eurent bientôt... vous m'entendez,
Et leurs bonnets carrés,
Ils m'eurent bientôt jugé.

Ils m'ont jugé à pendre,
Dieu ! qu'c'est dur à entendre !
À pendre et étrangler
Sur la place du... vous m'entendez,
À pendre et étrangler
Sur la place du marché.

Monté sur la potence,
Je regarde la France :
J'y vois mes compagnons
À l'ombre d'un... vous m'entendez,
J'y vois mes compagnons
À l'ombre d'un buisson.

Compagnon de misère,
Va donc dire à ma mère
Qu'ell' ne m'attende plus.
J'suis un enfant... vous m'entendez,
Qu'ell' ne m'attende plus :
J'suis un enfant perdu.

Anonyme

Je n'ai rien qui me la rappelle,
Pas de portrait, pas de cheveux,
Je n'ai pas une lettre d'elle :
Nous nous détestions tous les deux.

Après tant de félicité,
Tant de baisers et tant de larmes,
Un jour, nous nous sommes quittés,

Comme deux guerriers rompus
Que leur haine ne soutient plus
Et qui laissent tomber leurs armes.

Becque

LES NUITS D'HIVER

Chanson

Hiver, vous n'êtes qu'un vilain ;
Été est plaisant et gentil,
En témoin de mai et d'avril
Qui l'accompagnent soir et main.

Été revêt champs, bois et fleurs
De sa livrée de verdure
Et de maintes autres couleurs,
Par l'ordonnance de nature.

Mais vous, hiver, trop êtes plein
De neige, vent, pluie et grésil :
On vous dût bannir en exil.
Sans point flatter, je parle plain :
Hiver, vous n'êtes qu'un vilain.

Orléans

Et nous avons des nuits plus belles que vos jours.

Racine

Je me souviens d'avoir passé une nuit délicieuse hors de la ville, dans un chemin qui côtoyait le Rhône ou la Saône, car je ne me rappelle pas lequel des deux. Des jardins élevés en terrasse bordaient le chemin du côté opposé. Il avait fait très chaud ce jour-là, la soirée était charmante; la rosée humectait l'herbe flétrie; point de vent, une nuit tranquille; l'air était frais, sans être froid; le soleil, après son coucher, avait laissé dans le ciel des vapeurs rouges dont la réflexion rendait l'eau couleur de rose; les arbres des terrasses étaient chargés de rossignols qui se répondaient de l'un à l'autre. Je me promenais dans une espèce d'extase, livrant mes sens et mon cœur à la jouissance de tout cela, et soupirant seulement un peu du regret d'en jouir seul.

Rousseau

Déjà la nuit en son parc amassait
Un grand troupeau d'étoiles vagabondes
Et pour entrer aux cavernes profondes,
Fuyant le jour, ses noirs chevaux chassait.

du Bellay

Ô Nuit, ô ma fille la Nuit, la plus religieuse de mes filles,
La plus pieuse
De mes filles, de mes créatures la plus dans mes mains, la plus abandonnée,
Tu me glorifies dans le Sommeil encore plus que ton
Frère le Jour ne me glorifie dans le Travail.
Car l'homme dans le travail ne me glorifie que par son travail.
Et dans le sommeil, c'est moi qui me glorifie moi-même par l'abandonnement de l'homme...

Ô ma fille aux yeux noirs, la seule de mes filles qui sois, qui puisses te dire ma complice,
Qui sois complice avec moi, car toi et moi, moi par toi,
Ensemble nous faisons tomber l'homme dans le piège de mes bras...

Ô ma Nuit étoilée, je t'ai créée la première.
Toi qui endors, toi qui ensevelis déjà dans une Ombre éternelle
Toutes mes créatures

Les plus inquiètes, le cheval fougueux, la fourmi laborieuse
Et l'homme, ce monstre d'inquiétude,
À lui seul plus inquiet que toute la Création ensemble.

Péguy

Et toi mon cœur pourquoi bats-tu
Comme un guetteur mélancolique
J'observe la nuit et la mort

Apollinaire

Mon père commençait alors une promenade qui ne cessait qu'à l'heure de son coucher. Il était vêtu d'une robe de chambre de ratine blanche ou plutôt d'une espèce de manteau que je n'ai vu qu'à lui. Sa tête demi-chauve était couverte d'un grand bonnet blanc, qui se tenait tout debout. Lorsqu'en se promenant il s'éloignait du foyer, la vaste salle était si peu éclairée par une seule bougie qu'on ne le voyait plus; on l'entendait seulement encore marcher dans les ténèbres. Puis il revenait lentement vers la lumière et sortait peu à peu de l'obscurité comme un spectre, avec sa robe blanche, son bonnet blanc, sa figure longue et pâle. Lucile et moi, nous échangions quelques mots à voix basse, quand il était à l'autre bout de la salle; nous nous taisions quand il se rapprochait de nous. Il nous disait en passant d'un ton sévère: «De quoi parliez-vous?» Saisis de terreur, nous ne répondions rien: il continuait sa marche. Le reste de la soirée, l'oreille n'était plus frappée que du bruit égal et mesuré de ses pas, des soupirs de ma mère et du murmure du vent.

Dix heures sonnaient enfin à l'horloge du château: mon père s'arrêtait subitement; le même ressort qui avait soulevé le marteau de l'horloge semblait avoir suspendu ses pas. Il tirait sa montre, la montait, prenait un grand flambeau d'argent surmonté d'une grande bougie, entrait un moment dans la petite tour de l'ouest, puis revenait dans la salle, son flambeau à la main, pour se rendre dans sa chambre à coucher au fond de la petite tour de l'est. Lucile et moi, nous nous tenions sur son passage, tremblants de respect et de frayeur. Nous l'embrassions en lui souhaitant une bonne nuit. Il penchait vers nous sa joue sèche et creuse sans nous répondre, continuait sa route, s'enfonçait dans les ombres de la salle, disparaissait dans un corridor et se retirait dans la tour dont nous entendions les portes se refermer sur lui.

Chateaubriand

Trêve, mes tristes yeux, trêve aujourd'hui de larmes.

Corneille

Sur les ailes du temps la tristesse s'envole.

La Fontaine

Ballade à la lune

C'était, dans la nuit brune,
Sur le clocher jauni,
La lune,
Comme un point sur un i.

Lune, quel esprit sombre
Promène au bout d'un fil,
Dans l'ombre,
Ta face et ton profil ?

Es-tu l'œil du ciel borgne ?
Quel chérubin cafard
Nous lorgne
Sous ton masque blafard ?

N'es-tu rien qu'une boule ?
Qu'un grand faucheux bien gras
Qui roule
Sans pattes et sans bras ?

Es-tu, je t'en soupçonne,
Le vieux cadran de fer
Qui sonne
L'heure aux damnés d'enfer ?

Sur ton front qui voyage,
Ce soir ont-ils compté
Quel âge
A leur éternité ?

Est-ce un ver qui te ronge
Quand ton disque noirci
S'allonge
En croissant rétréci ?

Qui t'avait éborgnée
L'autre nuit ? T'étais-tu
Cognée
À quelque arbre pointu ?

Car tu vins, pâle et morne,
Coller sur mes carreaux
Ta corne
À travers les barreaux.

Va, lune moribonde,
Le beau corps de Phoebé
La blonde
Dans la mer est tombé.

Tu n'en as que la face,
Et déjà, tout ridé,
S'efface
Ton front dépossédé.

Rends-nous la chasseresse
Blanche au sein virginal
Qui presse
Quelque cerf matinal !

Oh! Sous le vert platane,
Sous les frais coudriers,
Diane
Et ses grands lévriers!

Le chevreau noir qui doute,
Pendu sur un rocher,
L'écoute,
L'écoute s'approcher

Et, suivant leurs curées,
Par les vaux, par les blés,
Les prées,
Les chiens s'en sont allés.

Oh! le soir, dans la brise,
Phoebé, sœur d'Apollo,
Surprise
À l'ombre, un pied dans l'eau!

Phoebé qui, la nuit close,
Aux lèvres d'un berger
Se pose
Comme un oiseau léger.

Lune, en notre mémoire,
De tes belles amours
L'histoire
T'embellira toujours.

Et, toujours rajeunie,
Tu seras du passant
Bénie,
Pleine lune ou croissant.

T'aimera le vieux pâtre,
Seul, tandis qu'à ton front
D'albâtre
Ses dogues aboieront.

T'aimera le pilote
Dans son grand bâtiment
Qui flotte
Sous le clair firmament!

Et la fillette preste
Qui passe le buisson,
Pied leste,
En chantant sa chanson.

Comme un ours à la chaîne,
Toujours sous tes yeux bleus
Se traîne
L'océan monstrueux.

Et qu'il vente ou qu'il neige,
Moi-même, chaque soir,
Que fais-je,
Venant ici m'asseoir?

Je viens voir à la brune,
Sur le clocher jauni,
La lune
Comme un point sur un i.

Musset

La lune blanche
Luit dans les bois ;
De chaque branche
Part une voix
Sous la ramée...

Ô bien-aimée !

L'étang reflète,
Profond miroir,
La silhouette
Du saule noir
Où le vent pleure...

Rêvons, c'est l'heure.

Un vaste et tendre
Apaisement
Semble descendre
Du firmament
Que l'astre irise...

C'est l'heure exquise.

Verlaine

La vie est plus vaine une image
Que l'ombre sur le mur.
Pourtant l'hiéroglyphe obscur
Qu'y trace ton passage

M'enchante, et ton rire pareil
Au vif éclat des armes ;
Et jusqu'à ces menteuses larmes
Qui miraient le soleil.

Mourir non plus n'est ombre vaine.
La nuit, quand tu as peur,
N'écoute pas battre ton cœur :
C'est une étrange peine.

Toulet

Cette obscure clarté qui tombe des étoiles

Corneille

Booz endormi

Pendant qu'il sommeillait, Ruth, une Moabite,
S'était couchée aux pieds de Booz, le sein nu,
Espérant on ne sait quel rayon inconnu
Quand viendrait du réveil la lumière subite.

Booz ne savait point qu'une femme était là,
Et Ruth ne savait point ce que Dieu voulait d'elle.
Un frais parfum sortait des touffes d'asphodèle ;
Les souffles de la nuit flottaient sur Galgala.

L'ombre était nuptiale, auguste et solennelle,
Les anges y volaient sans doute obscurément
Car on voyait passer dans la nuit, par moment,
Quelque chose de bleu qui paraissait une aile.

La respiration de Booz qui dormait
Se mêlait au bruit sourd des ruisseaux sur la mousse.
On était dans le mois où la nature est douce,
Les collines ayant des lys sur leur sommet.

Ruth songeait et Booz dormait ; l'herbe était noire ;
Les grelots des troupeaux palpitaient vaguement ;
Une immense bonté tombait du firmament ;
C'était l'heure tranquille où les lions vont boire.

Tout reposait dans Ur et dans Jerimadeth,
Les astres émaillaient le ciel profond et sombre ;
Le croissant fin et clair parmi ces fleurs de l'ombre
Brillait à l'occident, et Ruth se demandait,

Immobile, ouvrant l'œil à moitié sous ses voiles,
Quel dieu, quel moissonneur de l'éternel été
Avait, en s'en allant, négligemment jeté
Cette faucille d'or dans le champ des étoiles.

Hugo

Allez, la musique. Oui, bonnes gens, c'est moi qui vous ordonne de brûler, sur une pelle rougie au feu, avec un peu de sucre jaune, le canard du doute aux lèvres de vermouth qui, répandant dans une lutte mélancolique entre le bien et le mal des larmes qui ne viennent pas du cœur, sans machine pneumatique fait partout le vide universel.

Il paraît beau et sublime, sous prétexte d'humilité ou d'orgueil, de discuter les causes finales, d'en fausser les conséquences stables et connues. Détrompez-vous, parce qu'il n'y a rien de plus bête ! Renouons la chaîne régulière avec les temps passés.

Depuis Racine, la poésie n'a pas progressé d'un millimètre. Elle a reculé, grâce à qui ? Aux Grandes-Têtes-Molles de notre époque. Grâce aux femmelettes, Chateaubriand, le Mohican-Mélancolique, Senancour, l'Homme-en-Jupon, Jean-Jacques Rousseau, le Socialiste-Grincheux ; Ann Radcliffe, le Spectre-Toqué ; Edgar Poe, le Mameluck-des-Rêves-d'Alcool ; George Sand, l'Hermaphrodite-Circoncis ; Théophile Gautier, l'Incomparable-Épicier ; Leconte, le Captif-du-Diable ; Goethe, le Suicidé-pour-Pleurer ; Sainte-Beuve, le Suicidé-pour-Rire ; Lamartine, la Cigogne-Larmoyante ; Lermontov, le Tigre-qui-Rugit ; Victor

Hugo, le Funèbre-Échalas-Vert ; Mickiewicz, l'Imitateur-de-Satan ; Musset, le Gandin-sans-Chemise-Intellectuelle ; et Byron, l'Hippopotame-des-Jungles-Infernales.

Toute l'eau de la mer ne suffirait pas à laver une tache de sang intellectuelle.

Lautréamont

C'est une entreprise hardie d'aller dire aux hommes qu'ils sont peu de chose.

Bossuet

Ô saisons, ô châteaux!
Quelle âme est sans défauts?

Ô saisons, ô châteaux!

J'ai fait la magique étude
Du bonheur, que nul n'élude.

Ô vive lui, chaque fois
Que chante son coq gaulois.

Mais! je n'aurai plus d'envie:
Il s'est chargé de ma vie.

Ce charme! il prit âme et corps
Et dispersa tous efforts.

Que comprendre à ma parole?
Il fait qu'elle fuie et vole!

Ô saisons, ô châteaux!

Rimbaud

Certes, c'est un sujet merveilleusement varié, divers et ondoyant que l'homme.

Montaigne

... ha! toutes sortes d'hommes dans leurs voies et façons: mangeurs d'insectes, de fruits d'eau; porteurs d'emplâtres, de richesses! l'agriculteur et l'adalingue, l'acuponcteur et le saunier; le péager, le forgeron; marchands de sucre, de cannelle, de coupes à boire en métal blanc et de lampes de corne; celui qui taille un vêtement de cuir, des sandales dans le bois et des boutons en forme d'olives; celui qui donne à la terre ses façons; et l'homme de nul métier: homme au faucon, homme à la flûte, homme aux abeilles; celui qui tire son plaisir du timbre de sa voix, celui qui trouve son emploi dans la contemplation d'une pierre verte; qui fait brûler pour son plaisir un feu d'écorces sur son toit, et celui qui a fait des voyages et songe à repartir; qui a vécu dans un pays de grandes pluies; qui joue aux dés, aux osselets, au jeu des gobelets; ou qui a déployé sur le sol ses tables à calcul; celui qui a des vues sur l'emploi d'une calebasse; celui qui mange des beignets, des vers de palme, des framboises; celui qui aime le goût de l'estragon; celui qui rêve d'un poivron; ou bien encore celui qui mâche d'une gomme fossile, qui porte une conque à son oreille, et celui qui épie le parfum de génie aux cassures fraîches de la pierre; celui qui pense au corps de femme, homme libidineux; celui qui voit son âme au reflet d'une lame; l'homme versé dans les sciences, dans l'onomastique; l'homme en faveur dans les conseils, celui qui nomme les fontaines, qui fait un don de sièges sous les arbres, de laines teintes pour les sages; et fait sceller aux carrefours de très grands bols de bronze pour la soif... ha! toutes sortes d'hommes dans leurs vies et façons et, soudain, apparu dans ses vêtements du soir et tranchant à la ronde toutes questions de préséance, le Conteur qui prend place au pied du térébinthe...

Saint-John Perse

Eh bien ! tâche que ce soit un beau conte à conter dans les jardins de l'Oronte.

Barrès

Quelle chimère est-ce donc que l'homme ?
Quelle nouveauté, quel monstre, quel chaos,
quel sujet de contradiction, quel prodige !
Juge de toutes choses, imbécile ver de terre ;
dépositaire du vrai, cloaque d'incertitude
et d'erreur ; gloire et rebut de l'univers.

Pascal

Marizibill

Dans la Haute-Rue à Cologne
Elle allait et venait le soir
Offerte à tous en tout mignonne
Puis buvait lasse des trottoirs
Très tard dans les brasseries borgnes

Elle se mettait sur la paille
Pour un maquereau roux et rose
C'était un juif il sentait l'ail
Et l'avait venant de Formose
Tirée d'un bordel de Changhaï

Je connais gens de toutes sortes
Ils n'égalent pas leurs destins
Indécis comme feuilles mortes
Leurs yeux sont des feux mal éteints
Leurs cœurs bougent comme leurs portes

Apollinaire

Les magasins de la rue Vivienne étalent leurs richesses aux yeux émerveillés. Éclairés par de nombreux becs de gaz, les coffres d'acajou et les montres en or répandent à travers les vitrines des gerbes de lumière éblouissante. Huit heures ont sonné à l'horloge de la Bourse.

Où sont-ils passés, les becs de gaz ? Que sont-elles devenues les vendeuses d'amour ? Rien... La solitude et l'obscurité. Une chouette, volant dans une direction rectiligne et dont une patte est cassée, passe au-dessus de la Madeleine et prend son essor vers la barrière du Trône en s'écriant : « Un malheur se prépare. » Or, dans cet endroit que ma plume (ce véritable ami qui me sert de compère) vient de rendre mystérieux, si vous regardez du côté par où la rue Colbert s'engage dans la rue Vivienne, vous verrez à l'angle formé par le croisement de ces deux voies, un personnage montrer sa silhouette et diriger sa marche légère vers les boulevards.

Il est beau comme la rétractilité des serres des oiseaux rapaces ; ou encore comme l'incertitude des mouvements musculaires dans les plaies des parties molles de la région cervicale postérieure ; ou plutôt comme ce piège à rats perpétuel, toujours retendu par l'animal pris, qui peut prendre seul des rongeurs indéfiniment et fonctionner et même caché sous la paille ; et surtout comme la rencontre fortuite sur une table de dissection d'une machine à coudre et d'un parapluie

Lautréamont

Roule, torrent de l'inutilité !

Montherlant

Chanson de la plus haute tour

Oisive jeunesse
À tout asservie,
Par délicatesse
J'ai perdu ma vie.
Ah ! Que le temps vienne
Où les cœurs s'éprennent.

Je me suis dit : laisse,
Et qu'on ne te voie :
Et sans la promesse
De plus hautes joies,
Que rien ne t'arrête,
Auguste retraite.

J'ai tant fait patience
Qu'à jamais j'oublie ;
Craintes et souffrances
Aux cieux sont parties.
Et la soif malsaine
Obscurcit mes veines.

Ainsi la Prairie
À l'oubli livrée,
Grandie, et fleurie

D'encens et d'ivraies
Au bourdon farouche
De cent sales mouches.

Ah ! Mille veuvages
De la si pauvre âme
Qui n'a que l'image
De la Notre-Dame !
Est-ce que l'on prie
La Vierge Marie ?

Oisive jeunesse
À tout asservie,
Par délicatesse
J'ai perdu ma vie.
Ah ! Que le temps vienne
Où les cœurs s'éprennent !

Rimbaud

El Desdichado

Je suis le ténébreux, — le veuf, — l'inconsolé,
Le prince d'Aquitaine à la tour abolie :
Ma seule *étoile* est morte, — et mon luth constellé
Porte le *soleil* noir de la *Mélancolie*.

Dans la nuit du tombeau, toi qui m'as consolé,
Rends-moi le Pausilippe et la mer d'Italie,
La *fleur* qui plaisait tant à mon cœur désolé
Et la treille où le pampre à la rose s'allie.

Suis-je Amour ou Phoebus ?... Lusignan ou Biron ?
Mon front est rouge encor du baiser de la reine ;
J'ai rêvé dans la grotte où nage la sirène...

Et j'ai deux fois vainqueur traversé l'Achéron,
Modulant tour à tour sur la lyre d'Orphée
Les soupirs de la sainte et les cris de la fée.

Nerval

Ceux qui sont amoureux leurs amours chanteront,
Ceux qui aiment l'honneur chanteront de la gloire,
Ceux qui sont près du Roi publieront sa victoire,
Ceux qui sont courtisans leurs faveurs vanteront,

Ceux qui aiment les arts les sciences diront,
Ceux qui sont vertueux pour tels se feront croire,
Ceux qui aiment le vin décideront de boire,
Ceux qui sont de loisir de fables écriront.

Ceux qui sont médisants se plairont à médire,
Ceux qui sont moins fâcheux diront des mots pour rire,
Ceux qui sont des vaillants vanteront leur valeur,

Ceux qui se plaisent trop chanteront leur louange,
Ceux qui veulent flatter feront d'un diable un ange.
Moi qui suis malheureux, je plaindrai mon malheur.

du Bellay

La Chanson du Mal-Aimé

Un soir de demi-brume à Londres
Un voyou qui ressemblait à
Mon amour vint à ma rencontre
Et le regard qu'il me jeta
Me fit baisser les yeux de honte

Je suivis ce mauvais garçon
Qui sifflotait mains dans les poches
Nous semblions entre les maisons
Onde ouverte de la mer Rouge
Lui les Hébreux moi Pharaon

Que tombent ces vagues de briques
Si tu ne fus pas bien aimée
Je suis le souverain d'Égypte
Sa sœur-épouse son armée
Si tu n'es pas l'amour unique

Au tournant d'une rue brûlant
De tous les feux de ses façades
Plaies du brouillard sanguinolent
Où se lamentaient les façades
Une femme lui ressemblant

C'était son regard d'inhumaine
La cicatrice à son cou nu
Sortit saoule d'une taverne
Au moment où je reconnus
La fausseté de l'amour même...

J'ai hiverné dans mon passé
Revienne le soleil de Pâques
Pour chauffer un cœur plus glacé
Que les quarante de Sébaste
Moins que ma vie martyrisés

Mon beau navire ô ma mémoire
Avons-nous assez navigué
Dans une onde mauvaise à boire
Avons-nous assez divagué
De la belle aube au triste soir

Adieu faux amour confondu
Avec la femme qui s'éloigne
Avec celle que j'ai perdue
L'année dernière en Allemagne
Et que je ne reverrai plus

Voie lactée ô sœur lumineuse
Des blancs ruisseaux de Chanaan
Et des corps blancs des amoureuses
Nageurs morts suivons-nous d'ahan
Ton cours vers d'autres nébuleuses.

Moi qui sais des lais pour les reines
Les complaintes de mes années
Des hymnes d'esclave aux murènes
La romance du mal-aimé
Et des chansons pour les sirènes

L'amour est mort j'en suis tremblant
J'adore de belles idoles
Les souvenirs lui ressemblant
Comme la femme de Mausole
Je reste fidèle et dolent

Je suis fidèle comme un dogue
Au maître le lierre au tronc
Et les Cosaques Zaporogues
Ivrognes pieux et larrons
Aux steppes et au décalogue

Portez comme un joug le Croissant
Qu'interrogent les astrologues
Je suis le Sultan tout-puissant
Ô mes Cosaques Zaporogues
Votre Seigneur éblouissant

Devenez mes sujets fidèles
Leur avait écrit le Sultan
Ils rirent à cette nouvelle
Et répondirent à l'instant
À la lueur d'une chandelle

RÉPONSE DES COSAQUES ZAPOROGUES AU SULTAN DE CONSTANTINOPLE

Plus criminel que Barrabas
Cornu comme les mauvais anges
Quel Belzébuth es-tu là-bas
Nourri d'immondice et de fange
Nous n'irons pas à tes sabbats

Poisson pourri de Salonique
Long collier des sommeils affreux
D'yeux arrachés à coup de pique
Ta mère fit un pet foireux
Et tu naquis de sa colique

Bourreau de Podolie Amant
Des plaies des ulcères des croûtes
Groin de cochon cul de jument
Tes richesses garde-les toutes
Pour payer tes médicaments

Voie lactée ô sœur lumineuse
Des blancs ruisseaux de Chanaan
Et des corps blancs des amoureuses
Nageurs morts suivrons-nous d'ahan
Ton cours vers d'autres nébuleuses

Regret des yeux de la putain
Et belle comme une panthère
Amour vos baisers florentins
Avaient une saveur amère
Qui a rebuté nos destins

Ses regards laissaient une traîne
D'étoiles dans les soirs tremblants
Dans ses yeux nageaient les sirènes
Et nos baisers mordus sanglants
Faisaient pleurer nos fées marraines

Mais en vérité je l'attends
Avec mon cœur avec mon âme
Et sur le pont des Reviens-t'en
Si jamais revient cette femme
Je lui dirai Je suis content

Mon cœur et ma tête se vident
Tout le ciel s'éccule par eux
Ô mes tonneaux des Danaïdes
Comment faire pour être heureux
Comme un petit enfant candide

Je ne veux jamais l'oublier
Ma colombe ma blanche rade
Ô marguerite exfoliée
Mon île au loin ma Désirade
Ma rose mon giroflier...

Voie lactée ô sœur lumineuse
Des blancs ruisseaux de Chanaan
Et des corps blancs des amoureuses
Nageurs morts suivrons-nous d'ahan
Ton cours vers d'autres nébuleuses

Les démons du hasard selon
Le chant du firmament nous mènent
À sons perdus leurs violons
Font danser notre race humaine
Sur la descente à reculons

Destins destins impénétrables
Rois secoués par la folie
Et vos grelottantes étoiles
De fausses femmes dans vos lits
Aux déserts que l'histoire accable

Luitpold le vieux prince régent
Tuteur de deux royautés folles
Sanglote-t-il en y songeant
Quand vacillent les lucioles
Mouches dorées de la Saint-Jean

Près d'un château sans châtelaine
La barque aux barcarols chantants
Sur un lac blanc et sous l'haleine
Des vents qui tremblent au printemps
Voguait cygne mourant sirène

Un jour le roi dans l'eau d'argent
Se noya puis la bouche ouverte
Il s'en revint en surnageant
Sur la rive dormir inerte
Face tournée au ciel changeant

Juin ton soleil ardente lyre
Brûle mes doigts endoloris
Triste et mélodieux délire
J'erre à travers mon beau Paris
Sans avoir le cœur d'y mourir

Les dimanches s'y éternisent
Et les orgues de Barbarie
Y sanglotent dans les cours grises
Les fleurs aux balcons de Paris
Penchent comme la tour de Pise

Soirs de Paris ivres du gin
Flambant de l'électricité
Les tramways feux verts sur l'échine
Musiquent au long des portées
De rails leur folie de machines

Les cafés gonflés de fumée
Crient tout l'amour de leurs tziganes
De tous leurs siphons enrhumés
De leurs garçons vêtus d'un pagne
Vers toi toi que j'ai tant aimée

Moi qui sais des lais pour les reines
Les complaintes de mes années
Des hymnes d'esclave aux murènes
La romance du mal-aimé
Et des chansons pour les sirènes

Apollinaire

Il invoquait la nuit et la lune. Il eut toutes les angoisses et toutes les palpitations de l'attente : Mme de Montbazon était allée à l'infidélité éternelle.

Chateaubriand

Plain-Chant

Je n'aime pas dormir quand ta figure habite,
La nuit, contre mon cou ;
Car je pense à la mort laquelle vient si vite
Nous endormir beaucoup.

Je mourrai, tu vivras, et c'est ce qui m'éveille !
Est-il une autre peur ?
Un jour, ne plus entendre auprès de mon oreille
Ton haleine et ton cœur..

Ah ! je voudrais, gardant ton profil sur ma gorge,
Par ta bouche qui dort
Entendre de tes seins la délicate forge
Souffler jusqu'à ma mort.

Mauvaise compagne, espèce de morte,
De quels corridors,
De quels corridors pousses-tu la porte
Dès que tu t'endors ?...

Rien ne m'effraie plus que la fausse accalmie
D'un visage qui dort ;
Ton rêve est une Égypte, et toi c'est la momie
Avec son masque d'or.

Où ton regard va-t-il sous cette riche empreinte
D'une reine qui meurt,
Lorsque la nuit d'amour t'a défaite et repeinte
Comme un noir embaumeur ?

Abandonne, ô ma reine, ô mon canard sauvage,
Les siècles et les mers ;
Reviens flotter dessus, regagne ton visage
Qui s'enfonce à l'envers.

Cocteau

À Théophile Gautier

Oh ! quel farouche bruit font dans le crépuscule
Les chênes qu'on abat pour le bûcher d'Hercule !...
Comme il n'est plus de Styx, il n'est plus de Jouvence.
Le dur faucheur avec sa large lame avance
Pensif et pas à pas vers le reste du blé.

Hugo

Sur l'eau

Quelque matin, sous l'arbre où nous nous rencontrâmes,
On nous ramassera tous deux, au bord de l'eau,
Nous serons emportés au fond d'un lourd bateau,
Nous embrassant encore aux secousses des rames.
Puis on nous jettera dans quelque trou caché,
Comme on fait aux gens morts en état de péché.
Mais alors, s'il est vrai que les ombres reviennent,
Nous reviendrons tous deux sous les hauts peupliers
Et les gens du pays, qui longtemps se souviennent,
En nous voyant passer l'un à l'autre liés,
Diront en se signant et l'esprit en prière :
« Voilà le mort d'amour avec sa lavandière. »

Maupassant

Claire

Ils ont ce grand dégoût mystérieux de l'âme
Pour notre chair coupable et pour notre destin ;
Ils ont, êtres rêveurs qu'un autre azur réclame
Je ne sais quelle soif de mourir le matin !...

Quand nous en irons-nous où vous êtes, colombes !
Où sont les enfants morts et les printemps enfuis,
Et tous les chers amours dont nous sommes les tombes
Et toutes les clartés dont nous sommes les nuits ?

Vers le grand ciel clément où sont tous les dictames,
Les aimés, les absents, les êtres purs et doux,
Les baisers des esprits et les regards des âmes,
Quand nous en irons-nous ? quand nous en irons-nous ?

Hugo

Je cherche le silence et la nuit pour pleurer.

Corneille

Demain, dès l'aube, à l'heure où blanchit la campagne
Je partirai. Vois-tu, je sais que tu m'attends.
J'irai par la forêt, j'irai par la montagne.
Je ne puis demeurer loin de toi plus longtemps.

Je marcherai les yeux fixés sur mes pensées,
Sans rien voir au-dehors, sans entendre aucun bruit,
Seul, inconnu, le dos courbé, les mains croisées,
Triste, et le jour sera pour moi comme la nuit.

Je ne regarderai ni l'or du soir qui tombe,
Ni les voiles au loin descendant vers Harfleur,
Et quand j'arriverai, je mettrai sur ta tombe
Un bouquet de houx vert et de bruyère en fleur.

Hugo

Non, je ne pleure point, Madame, mais je meurs.

Corneille

Vera Cruz

Ce petit qu'il faut qu'on fusille,
On le mena devant la croix.
Cigarettes, blancheur de fille,
Il tira de sa poche trois.

L'une, il la mit à son esgourde ;
L'autre, à sa lèvre. Et puis, en l'air
Il jette son chapeau qui tourne
Comme le soleil du désert.

La troisième, soit une sainte,
Sur le calvaire il la perdit.
C'est elle qui poussa la plainte
Puisque les hommes n'ont rien dit.

Audiberti

Un grand sommeil noir
Tombe sur ma vie :
Dormez, tout espoir,
Dormez, toute envie !

Je ne vois plus rien,
Je perds la mémoire
Du mal et du bien...
Ô la triste histoire !

Je suis un berceau
Qu'une main balance
Au creux d'un caveau
Silence ! silence !

Verlaine

L'Adieu

J'ai cueilli ce brin de bruyère
L'automne est morte souviens-t'en
Nous ne nous verrons plus sur terre
Odeur du temps brin de bruyère
Et souviens-toi que je t'attends

Apollinaire

Au grand jour du Seigneur, sera-ce un sûr refuge
D'avoir connu de tout et la cause et l'effet,
Et d'avoir tout compris suffira-t-il au Juge
Qui ne regardera que ce qu'on aura fait?

Corneille

Le Condamné à mort

Pardonnez-moi, mon Dieu, parce que j'ai péché !
Les larmes de ma voix, ma fièvre, ma souffrance,
Le mal de m'envoler du beau pays de France,
N'est-ce assez, mon Seigneur, pour aller me coucher
Trébuchant d'espérance

Dans vos bras embaumés, dans vos châteaux de neige !
Seigneur des lieux obscurs, je sais encor prier.
C'est moi, mon père, un jour, qui me suis écrié :
Gloire au plus haut du ciel au dieu qui me protège,
Hermès au tendre pied !

Je demande à la mort la paix, les longs sommeils,
Le chant des séraphins, leurs parfums, leurs guirlandes,
Les angelots de laine en chaudes houppelandes,
Et j'espère des nuits sans lunes ni soleils
Sur d'immobiles landes.

Genet

L'épitaphe de Villon en forme de ballade

Frères humains, qui après nous vivez,
N'ayez les cœurs contre nous endurcis,
Car, se pitié de nous pauvres avez,
Dieu en aura plus tôt de vous mercis.
Vous nous voyez ci attachés cinq, six :
Quant de la chair, que trop avons nourrie,
Elle est piéça dévorée et pourrie,
Et nous, les os, devenons cendre et poudre.
De notre mal, personne ne s'en rie ;
Mais priez Dieu que tous nous veuille absoudre !

Se frères vous clamons, pas n'en devez
Avoir dédain, quoique fûmes occis
Par justice. Toutefois, vous savez
Que tous hommes n'ont pas bon sens rassis,
Excusez-nous, puisque sommes transis,
Envers le fils de la Vierge Marie :
Que sa grâce ne soit pour nous tarie,
Nous préservant de l'infernale foudre.
Nous sommes morts : âme ne nous harie,
Mais priez Dieu que tous nous veuille absoudre !

La pluie nous a débués et lavés
Et le soleil desséchés et noircis;
Pies, corbeaux nous ont les yeux cavés
Et arraché la barbe et les sourcils.
Jamais nul temps nous ne sommes assis;
Puis çà, puis là, comme le vent varie,
À son plaisir sans cesser nous charrie,
Plus becquetés d'oiseaux que dés à coudre.
Ne soyez donc de notre confrérie;
Mais priez Dieu que tous nous veuille absoudre!

Prince Jésus, qui sur tous a maîtrie,
Garde qu'Enfer n'ait de nous seigneurie:
À lui n'ayons que faire ne que soudre.
Hommes, ici n'a point de moquerie;
Mais priez Dieu que tous nous veuille absoudre!

Villon

Comme un dernier rayon, comme un dernier zéphyre
    Animent la fin d'un beau jour,
Au pied de l'échafaud j'essaie encore ma lyre.
    Peut-être est-ce bientôt mon tour.
Peut-être avant que l'heure en cercle promenée
    Ait posé sur l'émail brillant,
Dans les soixante pas où sa route est bornée,
    Son pied sonore et vigilant,
Le sommeil du tombeau pressera ma paupière.
    Avant que de ses deux moitiés
Ce vers que je commence ait atteint la dernière,
    Peut-être en ces murs effrayés
Le messager de mort, noir recruteur des ombres,
    Escorté d'infâmes soldats,
Ébranlant de mon nom ces longs corridors sombres,
    Où seul dans la foule, à grands pas,
J'erre, aiguisant ces dards persécuteurs du crime,
    Du juste trop faibles soutiens,
Sur mes lèvres, soudain, va suspendre la rime...
Nul ne resterait donc pour attendrir l'histoire
    Sur tant de justes massacrés ?
Pour consoler leurs fils, leurs veuves, leur mémoire,
    Pour que des brigands abhorrés
Frémissent aux portraits noirs de leur ressemblance,

Pour descendre jusqu'aux enfers
Nouer le triple fouet, le fouet de la vengeance
Déjà levé sur ces pervers ?
Pour cracher sur leurs noms, pour chanter leur supplice ?
Allons, étouffe tes clameurs ;
Souffre, ô cœur gros de haine, affamé de justice.
Toi, Vertu, pleure si je meurs.

Chénier

Romance sans musique

Dans Arle, où sont les Aliscams,
Quand l'ombre est rouge, sous les roses,
Et clair le temps,

Prends garde à la douceur des choses.
Lorsque tu sens battre sans cause
Ton cœur trop lourd

Et que se taisent les colombes :
Parle tout bas, si c'est d'amour,
Au bord des tombes.

Toulet

Le Cimetière marin

Ce toit tranquille où marchent des colombes
Entre les pins palpite, entre les tombes ;
Midi le juste y compose de feux
La mer, la mer, toujours recommencée !
Ô récompense après une pensée
Qu'un long regard sur le calme des dieux !

Quel pur travail de fins éclairs consume
Maint diamant d'imperceptible écume,
Et quelle paix semble se concevoir !
Quand sur l'abîme un soleil se repose,
Ouvrages purs d'une éternelle cause,
Le Temps scintille et le Songe est savoir...

Comme le fruit se fond en jouissance,
Comme en délice il change son absence
Dans une bouche où la forme se meurt,
Je hume ici ma future fumée,
Et le ciel chante à l'âme consumée
Le changement des rives en rumeur.

Beau ciel, vrai ciel, regarde-moi qui change !
Après tant d'orgueil, après tant d'étrange
Oisiveté, mais pleine de pouvoir,

Je m'abandonne à ce brillant espace,
Sur les maisons des morts mon ombre passe
Qui m'apprivoise à son frêle mouvoir.

L'âme exposée aux torches du solstice,
Je te soutiens, admirable justice
De la lumière aux armes sans pitié!
Je te rends pure à ta place première
Regarde-toi!... mais rendre la lumière
Suppose d'ombre une morne moitié.

Ô pour moi seul, à moi seul, en moi-même
Auprès d'un cœur, aux sources du poème
Entre le vide et l'événement pur,
J'attends l'écho de ma grandeur interne,
Amère, sombre et sonore citerne,
Sonnant dans l'âme un creux toujours futur!...

Fermé, sacré, plein d'un feu sans matière,
Fragment terrestre offert à la lumière,
Ce lieu me plaît, dominé de flambeaux,
Composé d'or, de pierre et d'arbres sombres,
Où tant de marbre est tremblant sur tant d'ombres;
La mer fidèle y dort sur mes tombeaux!

Les morts cachés sont bien dans cette terre
Qui les réchauffe et sèche leur mystère.
Midi là-haut, midi sans mouvement
En soi se pense et convient à soi-même...
Tête complète et parfait diadème,
Je suis en toi le secret changement.

Tu n'as que moi pour contenir tes craintes!
Mes repentirs, mes doutes, mes contraintes
Sont le défaut de ton grand diamant...
Mais dans leur nuit toute lourde de marbres,

Un peuple vague aux racines des arbres
A pris déjà ton parti lentement.

Ils ont fondu dans une absence épaisse,
L'argile rouge a bu la blanche espèce,
Le don de vivre a passé dans les fleurs !
Où sont des morts les phrases familières,
L'art personnel, les âmes singulières ?
La larve file où se formaient des pleurs.

Les cris aigus des filles chatouillées,
Les yeux, les dents, les paupières mouillées,
Le sein charmant qui joue avec le feu,
Le sang qui brille aux lèvres qui se rendent,
Les derniers dons, les doigts qui se défendent,
Tout va sous terre et rentre dans le jeu !

Et vous, grande âme, espérez-vous un songe
Qui n'aura plus ces couleurs de mensonge
Qu'aux yeux de chair l'onde et l'or font ici ?
Chanterez-vous quand serez vaporeuse ?
Allez ! Tout fuit ! ma présence est poreuse,
La sainte impatience meurt aussi !

Maigre immortalité noire et dorée,
Consolatrice affreusement laurée,
Qui de la mort fait un sein maternel,
Le beau mensonge et la pieuse ruse !
Qui ne connaît, et qui ne les refuse,
Ce crâne vide et ce rire éternel !

Pères profonds, têtes inhabitées,
Qui sous le poids de tant de pelletées
Êtes la terre et confondez nos pas,
Le vrai rongeur, le ver irréfutable
N'est point pour vous qui dormez sous la table,
Il vit de vie, il ne me quitte pas !

Amour peut-être, ou de moi-même haine ?
Sa dent secrète est de moi si prochaine
Que tous les noms lui peuvent convenir !
Qu'importe ! Il voit, il veut, il songe, il touche !
Ma chair lui plaît, et jusque sur ma couche
À ce vivant je vis d'appartenir !

Zénon ! Cruel Zénon ! Zénon d'Élée !
M'as-tu percé de cette flèche ailée
Qui vibre, vole, et qui ne vole pas !
Le son m'enfante et la flèche me tue !
Ah ! Le soleil... Quelle ombre de tortue
Pour l'âme, Achille immobile à grands pas !

Non, non !... Debout ! Dans l'ère successive !
Brisez, mon corps, cette forme pensive !
Buvez, mon sein, la naissance du vent !
Une fraîcheur, de la mer exhalée,
Me rend mon âme... Ô puissance salée !
Courons à l'onde en rejaillir vivant !

Oui ! Grande mer de délires douée,
Peau de panthère et chlamyde trouée
De mille et mille idoles du soleil,
Hydre absolu, ivre de ta chair bleue,
Qui te remords l'étincelante queue
Dans un tumulte au silence pareil,

Le vent se lève !... il faut tenter de vivre !
L'air immense ouvre et referme mon livre
La vague en poudre ose jaillir des rocs !
Envolez-vous, pages tout éblouies !
Rompez, vagues ! Rompez d'eaux réjouies
Ce toit tranquille où picoraient des focs !

Valéry

Notre chair change bientôt de nature ; notre corps prend un autre nom ; même celui de cadavre ne lui demeure pas longtemps : il devient un je ne sais quoi qui n'a plus de nom dans aucune langue ; tant il est vrai que tout meurt en lui jusqu'à ces termes funèbres par lesquels on exprimait ses malheureux restes.

Bossuet

Un écrivain véritable ne trouve pas ses mots. Alors il les cherche. Et il trouve mieux.

Valéry

Tous les êtres circulent les uns dans les autres. Tout est en un flux perpétuel. Tout animal est plus ou moins homme ; tout minéral est plus ou moins plante, toute plante est plus ou moins animal. Il n'y a qu'un seul individu, c'est le tout. Naître, vivre et passer, c'est changer de forme.

Diderot

Qu'est-ce donc que ma substance, ô grand Dieu? J'entre dans la vie pour en sortir bientôt; je viens me montrer comme les autres; après, il faudra disparaître. Tout nous appelle à la mort. La nature, presque envieuse du bien qu'elle nous a fait, nous déclare souvent et nous fait signifier qu'elle ne peut pas nous laisser longtemps le peu de matière qu'elle nous prête, qui ne doit pas demeurer dans les mêmes mains, et qui doit être éternellement dans le commerce: elle en a besoin pour d'autres formes, elle la redemande pour d'autres ouvrages. Cette recrue continuelle du genre humain, je veux dire les enfants qui naissent, à mesure qu'ils croissent et qu'ils s'avancent, semblent nous pousser de l'épaule et nous dire: «Retirez-vous, c'est maintenant notre tour.» Ainsi, comme nous en voyons passer d'autres devant nous, d'autres nous verront passer, qui doivent à leurs successeurs le même spectacle. Ô Dieu! encore une fois, qu'est-ce que de nous? Si je jette la vue avant moi, quel espace infini où je ne suis pas! Si je la retourne, quelle suite effroyable où je ne suis plus, et que j'occupe peu de place dans cet abîme immense du temps! Je ne suis rien; un si petit intervalle n'est pas capable de me distinguer du néant. On ne m'a envoyé que pour faire nombre : encore n'avait-on que faire de moi, et la pièce n'en aurait pas été moins jouée quand je serais demeuré derrière le théâtre.

Bossuet

La Môme néant

Quoi qu'a dit?
— A dit rin.

Quoi qu'a fait?
— A fait rin.

À quoi qu'a pense?
— A pense à rin.

Pourquoi qu'a dit rin?
Pourquoi qu'a fait rin?

Pourquoi qu'a pense à rin?
— A'xiste pas.

Tardieu

L'Instant fatal

Quand nous pénétrerons la gueule ed' de travers
dans l'empire des morts
avecque nos verrues nos poux et nos cancers
comme en ont tous les morts
lorsque narine close on ira dans la terre
rejoindre tous les morts
après dégustation de pompe funéraire
qui asperge les morts
quand la canine molle on mordra la poussière
que font les os des morts
des bouchons dans l'oreille et le bec dans la bière
abreuvoir pour les morts
lorsque le corps bien las fatigue médullaire
qui esquinte les morts
et le cerveau mité un peu genre gruyère
apanage des morts
quand le chou flétri les machines précaires
guère baisent les morts
et le dos tout voûté la charpente angulaire
peu souples sont les morts
nous irons retrouver le cafard mortuaire
qui grignote les morts
charriant notre cercueil vers notre cimetière
où bougonnent les morts

lorsque le monde aura marmonné ses prières
qui rassurent les morts
et remis notre cause ès dossiers de notaires
ce qui forclôt les morts
distribuant nos argents comme nos inventaires
nos défroques de morts
aux vifs qui comme nous enrhumés éternuèrent
se mouchent plus les morts
quand nous pénétrerons la gueule ed'de travers
dans l'empire des morts
alors il nous faudra lugubres lampadaires
s'éteindre comme morts
et brusquement boucler le cercle élémentaire
qui nous agrège aux morts

Queneau

Eh bien, mon âme, est-ce donc si grande chose que cette vie ? Et si cette vie est peu de chose, parce qu'elle passe, qu'est-ce que les plaisirs qui ne viennent pas toute la vie, et qui passent en un moment ?

Bossuet

Vous qui aimez la gloire, soignez votre tombeau ; couchez-vous y bien ; tâchez d'y faire bonne figure, car vous y resterez.

Chateaubriand

De l'élection de son sépulcre

Antres, et vous, fontaines,
De ces roches hautaines
Qui tombez contre-bas
D'un glissant pas,

Et vous forêts, et ondes
Par ces prés vagabondes,
Et vous, rives et bois,
Oyez ma voix.

Quand le ciel et mon heure
Jugeront que je meure,
Ravi du beau séjour
Du commun jour,

Je défends qu'on ne rompe
Le marbre, pour la pompe
De vouloir mon tombeau
Bâtir plus beau;

Mais bien je veux qu'un arbre
M'ombrage au lieu d'un marbre;
Arbre qui soit couvert
Toujours de vert.

De moi puisse la terre
Engendrer un lierre
M'embrassant en maint tour
Tout à l'entour,

Et la vigne tortisse
Mon sépulcre embellisse,
Faisant de toutes parts
Un ombre épars.

Là viendront chaque année
À ma fête ordonnée
Avecque leurs troupeaux
Les pastoureaux;

Puis, ayant fait l'office
De leur beau sacrifice,
Parlant à l'île ainsi,
Diront ceci:

« Que tu es renommée,
D'être tombeau nommée
D'un de qui l'univers
Chante les vers! »

Ronsard

Je te donne ces vers afin que si mon nom
Aborde heureusement aux époques lointaines
Et fait rêver un soir les cervelles humaines,
Vaisseau favorisé par un grand aquilon,

Ta mémoire, pareille aux fables incertaines,
Fatigue le lecteur ainsi qu'un tympanon
Et par un fraternel et mystique chaînon
Reste comme pendue à mes rimes hautaines.

Baudelaire

Hommes de l'avenir souvenez-vous de moi

Apollinaire

Quand vous serez bien vieille, au soir, à la chandelle,
Assise auprès du feu, dévidant et filant,
Direz, chantant mes vers et vous émerveillant :
« Ronsard me célébrait du temps que j'étais belle ! »

Lors, vous n'aurez servante, oyant telle nouvelle,
Déjà sous le labeur à demi sommeillant,
Qui au bruit de mon nom ne s'aille réveillant,
Célébrant votre nom de louange immortelle.

Je serai sous la terre et, fantôme sans os,
Par les ombres myrteux je prendrai mon repos ;
Vous serez au foyer une vieille accroupie,

Regrettant mon amour et votre fier dédain.
Vivez, si m'en croyez, n'attendez à demain :
Cueillez dès aujourd'hui les roses de la vie.

Ronsard

Stances à Marquise

Marquise, si mon visage
A quelques traits un peu vieux,
Souvenez-vous qu'à mon âge
Vous ne vaudrez guère mieux.

Le temps aux plus belles choses
Se plaît à faire un affront,
Et saura faner vos roses
Comme il a ridé mon front.

Le même cours des planètes
Règle nos jours et nos nuits :
On m'a vu ce que vous êtes ;
Vous serez ce que je suis.

Cependant j'ai quelques charmes
Qui sont assez éclatants
Pour n'avoir pas trop d'alarmes
De ces ravages du temps.

Vous en avez qu'on adore,
Mais ceux que vous méprisez
Pourraient bien durer encore
Quand ceux-là seront cessés.

Ils pourront sauver la gloire
Des yeux qui me semblent doux,
Et dans mille ans faire croire
Ce qu'il me plaira de vous.

Chez cette race nouvelle
Où j'aurai quelque crédit,
Vous ne passerez pour belle
Qu'autant que je l'aurai dit.

Pensez-y, belle Marquise,
Quoiqu'un grison fasse effroi,
Il vaut bien qu'on le courtise
Quand il est fait comme moi.

Corneille

Un jour, élevez-moi... Non, ne m'élevez rien.

Lamartine

Suréna

SURÉNA

Que tout meure avec moi, Madame. Que m'importe
Qui foule après ma mort la terre qui me porte ?
Sentiront-ils percer par un éclat nouveau,
Ces illustres aïeux, la nuit de leur tombeau ?
Respireront-ils l'air où les feront revivre
Ces neveux qui peut-être auront peine à les suivre,
Peut-être ne feront que les déshonorer,
Et n'en auront le sang que pour dégénérer ?
Quand nous avons perdu le jour qui nous éclaire,
Cette sorte de vie est bien imaginaire,
Et le moindre moment d'un bonheur souhaité
Vaut mieux qu'une si froide et vaine éternité.

Corneille

Las, où est maintenant ce mépris de Fortune ?
Où est ce cœur vainqueur de toute adversité,
Cet honnête désir de l'immortalité
Et cette honnête flamme au peuple non commune ?

Où sont les doux plaisirs qu'au soir sous la nuit brune
Les Muses me donnaient alors qu'en liberté,
Dessus le vert tapis d'un rivage écarté,
Je les menais danser aux rayons de la lune ?

Maintenant la Fortune est maîtresse de moi
Et mon cœur, qui soulait être maître de soi,
Est serf de mille maux et regrets qui m'ennuient.

De la postérité je n'ai plus de souci,
Cette divine ardeur, je ne l'ai plus aussi,
Et les Muses de moi comme étranges s'enfuient.

du Bellay

Nous sommes les chevaliers du néant...
Je n'ai que l'idée que je me fais de moi
pour me soutenir sur les mers du néant.

Montherlant

Si vivre est un devoir, quand je l'aurai bâclé,
Que mon linceul au moins me serve de mystère.
Il faut savoir mourir, Faustine, et puis se taire :
Mourir comme Gilbert en avalant sa clé.

Toulet

Les Phares

Ces malédictions, ces blasphèmes, ces plaintes,
Ces extases, ces cris, ces pleurs, ces *Te Deum*
Sont un écho redit par mille labyrinthes ;
C'est pour les cœurs mortels un divin opium !

C'est un cri répété par mille sentinelles,
Un ordre renvoyé par mille porte-voix ;
C'est un phare allumé sur mille citadelles,
Un appel de chasseurs perdus dans les grands bois !

Car c'est vraiment, Seigneur, le meilleur témoignage
Que nous puissions donner de notre dignité
Que cet ardent sanglot qui roule d'âge en âge
Et vient mourir au bord de votre éternité !

Baudelaire

Elle est retrouvée.
Quoi ? — L'Éternité.
C'est la mer allée
Avec le soleil.

Âme sentinelle
Murmurons l'aveu
De la nuit si nulle
Et du jour en feu.

Des humains suffrages,
Des communs élans
Là tu te dégages
Et voles selon.

Puisque de vous seules,
Braises de satin,
Le Devoir s'exhale
Sans qu'on dise : Enfin.

Là pas d'espérance,
Nul orietur.
Science avec patience,
Le supplice est sûr.

Elle est retrouvée.
Quoi ? — L'Éternité.
C'est la mer allée
Avec le soleil.

Rimbaud

Femme, vous m'entendez : quand les âmes des morts
S'en reviendront chercher dans les vieilles paroisses,
Après tant de bataille et parmi tant d'angoisses,
Le peu qui restera de leurs malheureux corps...

Quand on n'entendra plus que le sourd craquement
D'un monde qui s'abat comme un échafaudage,
Quand le globe sera comme un baraquement
Plein de désuétude et de dévergondage...

Quand l'homme reviendra dans son premier village
Chercher son ancien corps parmi ses compagnons
Dans ce modeste enclos où nous accompagnons
Les morts de la paroisse et ceux du voisinage ;

Quand il reconnaîtra ceux de son parentage
Modestement couchés à l'ombre de l'église,
Quand il retrouvera sous le jaune cytise
Les dix-huit pieds carrés qui faisaient son partage...

Quand les ressuscités s'en iront par les bourgs,
Encore tout ébaubis et cherchant leur chemin,
Et les yeux éblouis et se tenant la main,
Et reconnaissant mal ces tours et ces détours

Des sentiers qui menaient leur candide jeunesse,
Encor tout ébahis que ce jour soit venu,
Encor tout assaillis du regret revenu,
Et reconnaissant mal, avant que l'aube naisse,

Ces sentiers qui menaient leur enfance première,
Encor tout démolis d'être ainsi revenus,
Et reconnaissant mal ces corps pauvres et nus,
Et reconnaissant mal cette vieille chaumière...

Aïeule du lépreux et du grand sénéchal,
Saurez-vous retrouver dans cet encombrement,
Pourrez-vous allumer dans cet égarement,
Pour éclairer leurs pas, quelque pauvre fanal,

Et quand ils passeront sous la vieille poterne,
Aurez-vous retrouvé pour les gamins des rues
Et pour ces vétérans et ces jeunes recrues,
Pour éclairer leurs pas, quelque vieille lanterne ;

Aurez-vous retrouvé dans vos forces décrues
Le peu qu'il en fallait pour mener cette troupe
Et pour mener ce deuil et pour mener le groupe
Dans le raccordement des routes disparues.

Péguy

Veni, vidi, vixi

J'ai bien assez vécu, puisque dans mes douleurs
Je marche sans trouver de bras qui me secourent,
Puisque je ris à peine aux enfants qui m'entourent,
Puisque je ne suis plus réjoui par les fleurs ;

Puisqu'au printemps, quand Dieu met la nature en
  fête,
J'assiste, esprit sans joie, à ce splendide amour ;
Puisque je suis à l'heure où l'homme fuit le jour,
Hélas ! et sent de tout la tristesse secrète...

Maintenant mon regard ne s'ouvre qu'à demi ;
Je ne me tourne plus même quand on me nomme ;
Je suis plein de stupeur et d'ennui, comme un homme
Qui se lève avant l'aube et qui n'a pas dormi.

Je ne daigne plus même, en ma sombre paresse,
Répondre à l'envieux dont la bouche me nuit.
Ô Seigneur ! ouvrez-moi les portes de la nuit
Afin que je m'en aille et que je disparaisse !

Hugo

Vous ne saurez jamais que votre âme voyage
Comme au fond de mon cœur un doux cœur adopté
Et que rien, ni le temps, d'autres amours, ni l'âge
N'empêcheront jamais que vous ayez été ;

Que la beauté du monde a pris votre visage,
Vit de votre douceur, luit de votre clarté,
Et que le lac pensif au fond du paysage
Me redit seulement votre sérénité.

Vous ne saurez jamais que j'emporte votre âme
Comme une lampe d'or qui m'éclaire en marchant ;
Qu'un peu de votre voix a passé dans mon chant.

Doux flambeau, vos rayons, doux brasier, votre flamme
M'instruisent des sentiers que vous avez suivis,
Et vous vivez un peu puisque je vous survis.

Yourcenar

Ce n'est pas drôle de mourir
Et d'aimer tant de choses,
La nuit bleue et les matins roses,
Les fruits lents à mûrir.

Toulet

C'est une chose étrange à la fin que le monde
Un jour je m'en irai sans en avoir tout dit
Ces moments de bonheur ces midi d'incendie
La nuit immense et noire aux déchirures blondes

Rien n'est si précieux peut-être qu'on le croit
D'autres viennent Ils ont le cœur que j'ai moi-même
Ils savent toucher l'herbe et dire je vous aime
Et rêver dans le soir où s'éteignent des voix

D'autres qui referont comme moi le voyage
D'autres qui souriront d'un enfant rencontré
Qui se retourneront pour leur nom murmuré
D'autres qui lèveront les yeux vers les nuages

Il y aura toujours un couple frémissant
Pour qui ce matin-là sera l'aube première
Il y aura toujours l'eau le vent la lumière
Rien ne passe après tout si ce n'est le passant

C'est une chose au fond que je ne puis comprendre
Cette peur de mourir que les gens ont en eux
Comme si ce n'était pas assez merveilleux
Que le ciel un moment nous ait paru si tendre...

Malgré les jours maudits qui sont des puits sans fond
Malgré ces nuits sans fin à regarder la haine
Malgré les ennemis les compagnons de chaîne
Mon Dieu mon Dieu qui ne savent pas ce qu'ils font...

Cet enfer malgré tout cauchemar et blessures
Les séparations les deuils les camouflets
Et tout ce qu'on voulait pourtant ce qu'on voulait
De toute sa croyance imbécile à l'azur

Malgré tout je vous dis que cette vie fut telle
Qu'à qui voudra m'entendre à qui je parle ici
N'ayant plus sur la lèvre un seul mot que merci
Je dirai malgré tout que cette vie fut belle

Aragon

Il faut laisser maisons et vergers et jardins,
Vaisselles et vaisseaux que l'artisan burine
Et chanter son obsèque à la façon du cygne
Qui chante son trépas sur les bords méandrins.

C'est fait, j'ai dévidé le cours de mes destins,
J'ai vécu, j'ai rendu mon nom assez insigne ;
Ma plume vole au ciel pour être quelque signe
Loin des appas mondains qui trompent les plus fins.

Heureux qui ne fut onc, plus heureux qui retourne
En rien comme il était, plus heureux qui séjourne,
D'homme fait nouvel ange, auprès de Jésus-Christ,

Laissant pourrir çà-bas sa dépouille de boue
Dont le sort, la fortune et le destin se joue
Franc des liens du corps pour n'être qu'un esprit !

Ronsard

On n'entend dans les funérailles que des
paroles d'étonnement de ce que ce mortel est mort.

Bossuet

Il était mort. Mort à jamais ? Qui peut le dire ?...

On l'enterra, mais toute la nuit funèbre, aux vitrines éclairées, ses livres, disposés trois par trois, veillaient comme des anges aux ailes éployées et semblaient, pour celui qui n'était plus, le symbole de sa résurrection.

Proust

Le plus important, c'est Dieu — qu'il existe ou qu'il n'existe pas.

Anonyme

POSTFACE

Parce qu'il se confond avec notre poésie et notre littérature, un livre comme celui-ci n'a par définition pas de fin. Chaque jour, je trouve ici ou là des vers ou des textes pleins de beautés et de charme que j'aurais aimé faire figurer dans ce recueil. Et mon vœu le plus cher est que mon lecteur ou ma lectrice glissent dans ces pages qu'ils auraient conservées les mots auxquels ils tiennent : des lettres, des chansons, des poèmes, des extraits de romans. Ce livre, qui est moins le mien que celui de notre langue, deviendrait alors le leur.

On peut m'adresser beaucoup de reproches : je me les fais moi-même. À la seule exception de Chénier, pas un seul poète du XVIIIe ! Voltaire apparaît bien, mais pour un texte en prose : il est vrai qu'il était tout — sauf poète. Et que son siècle, si brillant, si intelligent, si séduisant, ne l'était pas non plus. Le grand poète du XVIIIe, c'est un promeneur halluciné, un philosophe politique et social : c'est Rousseau.

Peu d'écrivains de la seconde moitié du XXe siècle, et pas un seul auteur vivant ! Le choix entre les vivants était trop difficile et j'avoue connaître moins bien, et peut-être mettre moins haut, notre deuxième après-guerre où j'ai pourtant vécu. En règle générale, je préfère l'avenir au passé, mais, en matière de langage, je crois que nous arrivons au bout de quelque chose que j'ai aimé. Mes goûts ne sont que trop évidents dans les choix que j'ai faits.

La littérature française, qui s'ouvre en 842 avec le *Serment de Strasbourg* et en 843 avec le traité de Verdun, offre son premier texte littéraire à la fin du IXe siècle avec les vingt-neuf vers de la *Cantilène de sainte Eulalie* :

Buona pulcella fut Eulalia,
Bel avret corps, bellezour anima...

Bonne pucelle fut Eulalie,
Elle avait un beau corps, une âme plus belle encore

À partir de là, plus de mille ans de littérature française. Et quatre époques successives où la langue et la poésie se hissent à des sommets que le monde peut nous envier.

La première époque est le merveilleux XVIe siècle, illustré dans la prose par Rabelais et Montaigne. Et il faut lui ajouter le début du XVIIe. Jamais la poésie, encore dans les charmes de l'enfance, n'a brillé de plus de feux. Il y a en France des poètes dignes d'estime avant le XVIe siècle, mais ils sont déjà loin de nous : nous commençons à avoir du mal, sinon à les comprendre, du moins à entrer en résonance avec eux. Virgile, Ovide, Horace ou Catulle, Platon, Thucydide, les Tragiques grecs, Hérodote, Homère bien entendu, nous sont plus proches que *La Chanson de Roland* ou *Le Roman de la Rose*. Largement ignoré par les deux siècles qui l'ont suivi, le XVIe, en revanche, présente, de Baïf à Pontus de Tyard, de Jodelle à Rémi Belleau une foule de poètes éblouissants. Au premier rang d'entre eux, les deux poètes sourds et géniaux : du Bellay, et surtout Ronsard.

Avec son culte des vers et du langage, avec ses ondes et ses bois frémissant d'une fièvre amoureuse, Ronsard mène en droite ligne à Valéry et à Mallarmé. Il est le premier prince de notre poésie, et l'affreux et subtil Sainte-Beuve lui rend un bel hommage dans un sonnet que personne ne lit plus :

Qu'on dise : Il osa trop, mais l'audace était belle
Et de moins grands que lui auront plus de bonheur.

Le deuxième âge d'or de notre littérature, épurée par Malherbe, est évidemment le classicisme. De Pascal à Voltaire, de La Fontaine et Molière à Montesquieu et Diderot, c'est une suite ininterrompue de talents et de génies appuyés sur une langue dont, un siècle après l'édit de Villers-Cotterêts, les traités de Westphalie constituent le triomphe. À leur tête, deux auteurs qui prennent place sans la moindre peine, avec force et élégance, dans la cohorte restreinte des grands poètes français rivaux de Dante, de Camoens, de Shakespeare, de Cervantès ou de Goethe : Corneille et Racine.

On peut toujours opposer la grandeur et la maîtrise de soi de l'un au charme irrésistible et à la cruauté de l'autre : ils sont suprêmes tous les deux. Ils n'écrivent pas des odes, des sonnets, des ballades : ils écrivent des tragédies. *Polyeucte*, *Andromaque*, *Bérénice* ou *Phèdre* figurent parmi les poèmes les plus achevés et les plus émouvants de notre langue. Rien de plus beau n'a jamais été écrit en français que leurs plaintes déchirantes.

Un troisième écrivain de cette époque, et peut-être le plus méconnu, occupe une place considérable dans ce recueil : c'est Bossuet. « Dans l'ordre des écrivains, écrit Valéry, je ne mets personne au-dessus de Bossuet.» Il est souvent foudroyant et c'est un bonheur de le découvrir quand il écrit, par exemple, que Dieu se rit des créatures qui se plaignent des effets dont elles chérissent les causes. Je regrette, dans ces pages, l'absence de Saint-Simon, comme je regrette, cent ou cent cinquante ans plus tôt, l'absence de Maurice Scève. Lisez Scève! Lisez Saint-Simon! Mais la manière savante de l'un, l'art des portraits de l'autre avaient du mal à entrer dans la promenade populaire et sentimentale proposée ici au lecteur.

Les fenêtres s'ouvrent sur des nuages de tempête et les cœurs meurtris se mettent à gémir sur un sort dont ils ne sont plus les maîtres. De Rousseau à Baudelaire ou à Zola, avec des romanciers comme Stendhal et Flaubert, le romantisme est le troisième royaume de notre littérature. Y règnent deux géants auxquels personne n'échappe, qui occupent tout l'horizon et à qui l'admiration ne peut pas être mesurée: Chateaubriand et Hugo. Ils sont incomparables.

Aimé de ma mère et de François Mitterrand, Lamartine est le romantique sur qui le passage du temps s'est fait sentir le plus durement. Parmi un fatras parfois aux limites du ridicule, éclatent chez Vigny quelques-uns des plus beaux vers de notre langue millénaire. Et, détesté par Baudelaire, Musset, malgré les grincheux, reste toujours jeune, irrésistible et charmant. Mais les poètes majeurs du siècle sont Nerval, Baudelaire, qui fait passer sur ses vers un grand frisson nouveau, Verlaine et Rimbaud. Rimbaud est un génie fondateur, annonciateur de l'avenir, mais je crois Verlaine, que Borges admirait tant, plus grand poète que Rimbaud.

Des dernières années du XIXe à la Seconde Guerre

mondiale, qui marque avec évidence la fin du règne presque exclusif de notre langue et le début de son déclin après trois siècles d'hégémonie, c'est un feu d'artifice digne des plus hautes époques et le bouquet final. Venu des salons de la rive droite et du vieux Faubourg Saint-Germain pour dévoiler les mystères du cœur et ses intermittences, Proust est au premier rang. Mais Apollinaire, le guetteur mélancolique, l'enchanteur bien-aimé, Gide, avec ses palmiers, ses moiteurs et ses contradictions, Céline, magnifique et atroce, Claudel et ses grandes orgues, Saint-John Perse, Giraudoux, tant d'autres encore, font briller notre langue et notre littérature au-delà de nos frontières et au-delà des océans. Quelque divers qu'ils puissent être et même quand ils s'opposent avec violence à tout ce qui les a précédés, trois poètes surtout s'inscrivent dans notre tradition la plus éclatante : Péguy, Valéry, Aragon.

Quand nous nous interrogeons avec fièvre sur les gloires nationales à faire entrer au Panthéon, pourquoi le nom de Péguy n'est-il jamais prononcé ? Catholique souvent dissident, socialiste ardent, partisan de Dreyfus, symbole d'un esprit résistant confisqué par Vichy qui se situait à l'extrême opposé, il incarne le peuple français dans son génie et dans sa diversité. Est-il possible d'imaginer que sa mort pour une patrie ingrate sur un de ces champs de bataille qu'il avait célébrés d'avance puisse être portée à son débit ? D'une intelligence étourdissante, Paul Valéry a été une espèce de poète officiel de la République — et pourtant un vrai et authentique poète. Le plus important de tous, à mes yeux, devant Valéry et devant Péguy, celui qui croyait au ciel, celui qui n'y croyait pas, reste Louis Aragon, rebelle à l'enfance massacrée, mystificateur en tout genre, agitateur surréaliste, militant communiste, magicien tout terrain : son génie poétique et littéraire le situe parmi les plus grands écrivains français et l'approche de Hugo.

Les lecteurs auront discerné sans peine la généalogie des poètes qui, à tort ou à raison, sont les plus proches de mon cœur : Ronsard, Corneille, Racine, Hugo, Musset, Baudelaire, Verlaine, Apollinaire, Péguy, Aragon... S'y ajoutent des écrivains dont la prose donne à qui les lit autant de bonheur que les poètes : Bossuet, Chateaubriand ou Proust.

Chacun, bien entendu, aura ses propres choix qui ne coïncideront pas toujours avec les miens. La littérature française est un jardin dont l'entrée, grâce à Dieu, reste libre et où le moindre flâneur a le droit de préférer telle fleur plus modeste ou tel buisson négligé aux espèces les plus célébrées : il n'y a pas d'autorités — c'est un bonheur de plus — dans l'amour de la poésie et de la littérature. J'ai toujours défendu, par exemple, pour ma part, le droit de Paul-Jean Toulet, ignoré de presque tous il y a encore trente ans, à se mêler aux plus grands.

Reste la part la plus mince de ce livre. La mienne. Sans ajouter le moindre commentaire, j'ai entrepris de me servir du talent et du génie des autres pour suggérer une histoire qui court en filigrane sous les mots enchantés surgis du fond des siècles — une espèce d'histoire du temps qui passe, et peut-être de la vie. Le contraste est rude entre la splendeur et la nécessité du matériau et la ténuité et la témérité de la forme adoptée : toute l'intrigue, ou plutôt toute l'absence d'intrigue, est laissée entièrement à l'imagination du lecteur.

Au petit nombre de ceux — encore assez nombreux, grâce à Dieu — qui aiment notre langue et notre littérature, je soumets avec confiance ces mots d'enchantement et de rêve qui ont bercé mes saisons, du printemps si lointain à l'automne déjà clos et au seuil de l'hiver, et qui, d'un bout à l'autre, m'ont donné tant de bonheur.

INDEX

REMERCIEMENTS

Aux éditions Gallimard pour Paul Valéry (*Charmes*, *La Jeune Parque*, *Album de vers anciens* et *Variété*), Paul Claudel (*L'Annonce faite à Marie*, *Partage de midi* et *Cinq Grandes Odes*), Louis Aragon (*Le Roman inachevé*, *Le Fou d'Elsa* et *Les Yeux et la Mémoire*), Cioran (*Aveux et Anathèmes*), Louis-Ferdinand Céline (*Voyage au bout de la nuit*), Henry de Montherlant (*Le Maître de Santiago*, *Carnets* et *Service inutile*), Marguerite Yourcenar (*Mémoires d'Hadrien*), Valery Larbaud (*A.O. Barnabooth*), Saint-John Perse (*Exil*, *Anabase*), Jean Cocteau (*Plain-Chant*), Jacques Audiberti (*Poésie*), Jean Genet (*Le Condamné à mort et autres poèmes*, Poésie-Gallimard), Jean Tardieu (*Monsieur, monsieur*), Raymond Queneau (*L'Instant fatal*).

Aux éditions Denoël et à Myriam Cendrars pour Blaise Cendrars (*Prose du Transsibérien et de la petite Jehanne de France*, *in* Poésies complètes, vol. 1, de la nouvelle édition *Tout autour d'aujourd'hui*).

Aux éditions Albin Michel pour Francis Carco (*La Bohème et mon cœur*).

Aux éditions Seghers pour Louis Aragon (*Les Yeux d'Elsa*) et Marcel Thiry (*Toi qui pâlis au nom de Vancouver*).

Aux éditions Paul Beuscher et François Llenas pour le texte de Barbara, *Dis, quand reviendras-tu ?*

Aux éditions Paul Beuscher pour le texte d'Édith Piaf, *Les Amants d'un jour* (C. Delecluse-M. Senlis/M. Monnot).

À la Warner Chappell Music France pour le texte de Jacques Brel, *Ne me quitte pas* (ex-éditions musicales Tutti).

Aux éditions musicales Djanik pour le texte de Boris Vian, *Le Déserteur* (musique de Boris Vian et Harold Berg).

Aux éditions Grasset pour Raoul Ponchon (*La Muse au cabaret*) et Jean Giraudoux (*Suzanne et le Pacifique*).

Aux éditions Mercure de France pour Henri de Régnier (*La Vie vénitienne*).

Aux éditions Plon pour les *Mémoires de guerre* du général de Gaulle (tome 1, *L'Appel* et tome 3, *Le Salut*).

À la Société des gens de lettres et aux ayants droit de Tristan Derème.

Aux ayants droit de Charles Maurras (*La Musique intérieure*).

*

Et, naturellement, à Malcy Ozannat.

DU MÊME AUTEUR

Aux Éditions Gallimard

LA GLOIRE DE L'EMPIRE (Folio, nº 2618. Nouvelle édition en un volume en 1994).

AU PLAISIR DE DIEU. Nouvelle édition en 1977, «hors série Beaux livres» (Folio, nº 1243).

AU REVOIR ET MERCI.

LE VAGABOND QUI PASSE SOUS UNE OMBRELLE TROUÉE (Folio, nº 1319).

DIEU, SA VIE, SON ŒUVRE (Folio, nº 1735).

DISCOURS DE RÉCEPTION À L'ACADÉMIE FRANÇAISE DE MICHEL MOHRT ET RÉPONSE DE JEAN D'ORMESSON.

DISCOURS DE RÉCEPTION À L'ACADÉMIE FRANÇAISE DE MARGUERITE YOURCENAR ET RÉPONSE DE JEAN D'ORMESSON

ALBUM CHATEAUBRIAND. Iconographie commentée.

GARÇON DE QUOI ÉCRIRE. Entretiens avec François Sureau (Folio, nº 2304).

HISTOIRE DU JUIF ERRANT (Folio, nº 2436).

LA DOUANE DE MER (Folio, nº 2801).

PRESQUE RIEN SUR PRESQUE TOUT (Folio, nº 3030).

CASIMIR MÈNE LA GRANDE VIE (Folio, nº 3156).

LE RAPPORT GABRIEL (Folio, nº 3475).

C'ÉTAIT BIEN (Folio, nº 4077).

Aux Éditions J.-C. Lattès

MON DERNIER RÊVE SERA POUR VOUS. Une biographie sentimentale de Chateaubriand.

JEAN QUI GROGNE ET JEAN QUI RIT.

LE VENT DU SOIR.

TOUS LES HOMMES EN SONT FOUS.

LE BONHEUR À SAN MINIATO.

Aux Éditions NiL

UNE AUTRE HISTOIRE DE LA LITTÉRATURE FRANÇAISE, tomes I et II (Folio nº 4252 et nº 4253).

Aux Éditions Robert Laffont

VOYEZ COMME ON DANSE (Folio, nº 3817).

ET TOI MON CŒUR POURQUOI BATS-TU (Folio nº 4254).

Aux Éditions Julliard

L'AMOUR EST UN PLAISIR.

LES ILLUSIONS DE LA MER.

UN AMOUR POUR RIEN (Folio, nº 1034).

DU CÔTÉ DE CHEZ JEAN (Folio, nº 1065).

Aux Éditions G. P.

L'ENFANT QUI ATTENDAIT UN TRAIN. Conte pour enfants.

Aux Éditions Grasset

TANT QUE VOUS PENSEREZ À MOI. Entretiens avec Emmanuel Berl.

COLLECTION FOLIO

Dernières parutions

3909. Ahmed Abodehman	*La ceinture.*
3910. Jules Barbey d'Aurevilly	*Les diaboliques.*
3911. George Sand	*Lélia.*
3912. Amélie de Bourbon Parme	*Le sacre de Louis XVII.*
3913. Erri de Luca	*Montedidio.*
3914. Chloé Delaume	*Le cri du sablier.*
3915. Chloé Delaume	*Les mouflettes d'Atropos.*
3916. Michel Déon	*Taisez-vous... J'entends venir un ange.*
3917. Pierre Guyotat	*Vivre.*
3918. Paula Jacques	*Gilda Stambouli souffre et se plaint.*
3919. Jacques Rivière	*Une amitié d'autrefois.*
3920. Patrick McGrath	*Martha Peake.*
3921. Ludmila Oulitskaïa	*Un si bel amour.*
3922. J.-B. Pontalis	*En marge des jours.*
3923. Denis Tillinac	*En désespoir de causes.*
3924. Jerome Charyn	*Rue du Petit-Ange.*
3925. Stendhal	*La Chartreuse de Parme.*
3926. Raymond Chandler	*Un mordu.*
3927. Collectif	*Des mots à la bouche.*
3928. Carlos Fuentes	*Apollon et les putains.*
3929. Henry Miller	*Plongée dans la vie nocturne.*
3930. Vladimir Nabokov	*La Vénitienne* précédé d'*Un coup d'aile.*
3931. Ryûnosuke Akutagawa	*Rashômon* et autres contes.
3932. Jean-Paul Sartre	*L'enfance d'un chef.*
3933. Sénèque	*De la constance du sage.*
3934. Robert Louis Stevenson	*Le club du suicide.*
3935. Edith Wharton	*Les lettres.*
3936. Joe Haldeman	*Les deux morts de John Speidel.*
3937. Roger Martin du Gard	*Les Thibault I.*
3938. Roger Martin du Gard	*Les Thibault II.*

3939. François Armanet — *La bande du drugstore.*
3940. Roger Martin du Gard — *Les Thibault III.*
3941. Pierre Assouline — *Le fleuve Combelle.*
3942. Patrick Chamoiseau — *Biblique des derniers gestes.*
3943. Tracy Chevalier — *Le récital des anges.*
3944. Jeanne Cressanges — *Les ailes d'Isis.*
3945. Alain Finkielkraut — *L'imparfait du présent.*
3946. Alona Kimhi — *Suzanne la pleureuse.*
3947. Dominique Rolin — *Le futur immédiat.*
3948. Philip Roth — *J'ai épousé un communiste.*
3949. Juan Rulfo — *Le Llano en flammes.*
3950. Martin Winckler — *Légendes.*
3951. Fédor Dostoïevski — *Humiliés et offensés.*
3952. Alexandre Dumas — *Le Capitaine Pamphile.*
3953. André Dhôtel — *La tribu Bécaille.*
3954. André Dhôtel — *L'honorable Monsieur Jacques.*
3955. Diane de Margerie — *Dans la spirale.*
3956. Serge Doubrovski — *Le livre brisé.*
3957. La Bible — *Genèse.*
3958. La Bible — *Exode.*
3959. La Bible — *Lévitique-Nombres.*
3960. La Bible — *Samuel.*
3961. Anonyme — *Le poisson de jade.*
3962. Mikhaïl Boulgakov — *Endiablade.*
3963. Alejo Carpentier — *Les Élus* et autres nouvelles
3964. Collectif — *Un ange passe.*
3965. Roland Dubillard — *Confessions d'un fumeur de tabac français.*
3966. Thierry Jonquet — *La leçon de management.*
3967. Suzan Minot — *Une vie passionnante.*
3968. Dann Simmons — *Les Fosses d'Iverson.*
3969. Junichirô Tanizaki — *Le coupeur de roseaux.*
3970. Richard Wright — *L'homme qui vivait sous terre.*
3971. Vassilis Alexakis — *Les mots étrangers.*
3972. Antoine Audouard — *Une maison au bord du monde.*
3973. Michel Braudeau — *L'interprétation des singes.*
3974. Larry Brown — *Dur comme l'amour.*
3975. Jonathan Coe — *Une touche d'amour.*
3976. Philippe Delerm — *Les amoureux de l'Hôtel de Ville.*
3977. Hans Fallada — *Seul dans Berlin.*

3978.	Franz-Olivier Giesbert	*Mort d'un berger.*
3979.	Jens Christian Grøndahl	*Bruits du cœur.*
3980.	Ludovic Roubaudi	*Les Baltringues.*
3981.	Anne Wiazemski	*Sept garçons.*
3982.	Michel Quint	*Effroyables jardins.*
3983.	Joseph Conrad	*Victoire.*
3984.	Émile Ajar	*Pseudo.*
3985.	Olivier Bleys	*Le fantôme de la Tour Eiffel.*
3986.	Alejo Carpentier	*La danse sacrale.*
3987.	Milan Dargent	*Soupe à la tête de bouc.*
3988.	André Dhôtel	*Le train du matin.*
3989.	André Dhôtel	*Des trottoirs et des fleurs.*
3990.	Philippe Labro/ Olivier Barrot	*Lettres d'Amérique. Un voyage en littérature.*
3991.	Pierre Péju	*La petite Chartreuse.*
3992.	Pascal Quignard	*Albucius.*
3993.	Dan Simmons	*Les larmes d'Icare.*
3994.	Michel Tournier	*Journal extime.*
3995.	Zoé Valdés	*Miracle à Miami.*
3996.	Bossuet	*Oraisons funèbres.*
3997.	Anonyme	*Jin Ping Mei I.*
3998.	Anonyme	*Jin Ping Mei II.*
3999.	Pierre Assouline	*Grâces lui soient rendues.*
4000.	Philippe Roth	*La tache.*
4001.	Frederick Busch	*L'inspecteur de nuit.*
4002.	Christophe Dufossé	*L'heure de la sortie.*
4003.	William Faulkner	*Le domaine.*
4004.	Sylvie Germain	*La Chanson des mal-aimants.*
4005.	Joanne Harris	*Les cinq quartiers de l'orange.*
4006.	Leslie kaplan	*Les Amants de Marie.*
4007.	Thierry Metz	*Le journal d'un manœuvre*
4008.	Dominique Rolin	*Plaisirs.*
4009.	Jean-Marie Rouart	*Nous ne savons pas aimer.*
4010.	Samuel Butler	*Ainsi va toute chair.*
4011.	George Sand	*La petite Fadette.*
4012.	Jorge Amado	*Le Pays du Carnaval.*
4013.	Alessandro Baricco	*L'âme d'Hegel et les vaches du Wisconsin.*
4014.	La Bible	*Livre d'Isaïe.*
4015.	La Bible	*Paroles de Jérémie-Lamentations.*

4016. La Bible — *Livre de Job.*
4017. La Bible — *Livre d'Ezéchiel.*
4018. Frank Conroy — *Corps et âme.*
4019. Marc Dugain — *Heureux comme Dieu en France.*
4020. Marie Ferranti — *La Princesse de Mantoue.*
4021. Mario Vargas Llosa — *La fête au Bouc.*
4022. Mario Vargas Llosa — *Histoire de Mayta.*
4023. Daniel Evan Weiss — *Les cafards n'ont pas de roi.*
4024. Elsa Morante — *La Storia.*
4025. Emmanuèle Bernheim — *Stallone.*
4026. Françoise Chandernagor — *La chambre.*
4027. Philippe Djian — *Ça, c'est un baiser.*
4028. Jérôme Garcin — *Théâtre intime.*
4029. Valentine Goby — *La note sensible.*
4030. Pierre Magnan — *L'enfant qui tuait le temps.*
4031. Amos Oz — *Les deux morts de ma grand-mère.*
4032. Amos Oz — *Une panthère dans la cave.*
4033. Gisèle Pineau — *Chair Piment.*
4034. Zeruya Shalev — *Mari et femme.*
4035. Jules Verne — *La Chasse au météore.*
4036. Jules Verne — *Le Phare du bout du Monde.*
4037. Gérard de Cortanze — *Jorge Semprun.*
4038. Léon Tolstoï — *Hadji Mourat.*
4039. Isaac Asimov — *Mortelle est la nuit.*
4040. Collectif — *Au bonheur de lire.*
4041. Roald Dahl — *Gelée royale.*
4042. Denis Diderot — *Lettre sur les Aveugles.*
4043. Yukio Mishima — *Martyre.*
4044. Elsa Morante — *Donna Amalia.*
4045. Ludmila Oulitskaïa — *La maison de Lialia.*
4046. Rabindranath Tagore — *La petite mariée.*
4047. Ivan Tourguéniev — *Clara Militch.*
4048. H.G. Wells — *Un rêve d'Armageddon.*
4049. Michka Assayas — *Exhibition.*
4050. Richard Bausch — *La saison des ténèbres.*
4051. Saul Bellow — *Ravelstein.*
4052. Jerome Charyn — *L'homme qui rajeunissait.*
4053. Catherine Cusset — *Confession d'une radine.*
4055. Thierry Jonquet — *La Vigie* (à paraître).

4056.	Erika Krouse	*Passe me voir un de ces jours.*
4057.	Philippe Le Guillou	*Les marées du Faou.*
4058.	Frances Mayes	*Swan.*
4059.	Joyce Carol Oates	*Nulle et Grande Gueule.*
4060.	Edgar Allan Poe	*Histoires extraordinaires.*
4061.	George Sand	*Lettres d'une vie.*
4062.	Frédéric Beigbeder	*99 francs.*
4063.	Balzac	*Les Chouans.*
4064.	Bernardin de Saint Pierre	*Paul et Virginie.*
4065.	Raphaël Confiant	*Nuée ardente.*
4066.	Florence Delay	*Dit Nerval.*
4067.	Jean Rolin	*La clôture.*
4068.	Philippe Claudel	*Les petites mécaniques.*
4069.	Eduardo Barrios	*L'enfant qui devint fou d'amour.*
4070.	Neil Bissoondath	*Un baume pour le cœur.*
4071.	Jonahan Coe	*Bienvenue au club.*
4072.	Toni Davidson	*Cicatrices.*
4073.	Philippe Delerm	*Le buveur de temps.*
4074.	Masuji Ibuse	*Pluie noire.*
4075.	Camille Laurens	*L'Amour, roman.*
4076.	François Nourissier	*Prince des berlingots.*
4077.	Jean d'Ormesson	*C'était bien.*
4078.	Pascal Quignard	*Les Ombres errantes.*
4079.	Isaac B. Singer	*De nouveau au tribunal de mon père.*
4080.	Pierre Loti	*Matelot.*
4081.	Edgar Allan Poe	*Histoires extraordinaires.*
4082.	Lian Hearn	*Le clan des Otori, II : les Neiges de l'exil.*
4083.	La Bible	*Psaumes.*
4084.	La Bible	*Proverbes.*
4085.	La Bible	*Évangiles.*
4086.	La Bible	*Lettres de Paul.*
4087.	Pierre Bergé	*Les jours s'en vont je demeure.*
4088.	Benjamin Berton	*Sauvageons.*
4089.	Clémence Boulouque	*Mort d'un silence.*
4090.	Paule Constant	*Sucre et secret.*
4091.	Nicolas Fargues	*One Man Show.*
4092.	James Flint	*Habitus.*
4093.	Gisèle Fournier	*Non-dits.*

4094. Iegor Gran — *O.N.G.!*
4095. J.M.G. Le Clézio — *Révolutions.*
4096. Andréï Makine — *La terre et le ciel de Jacques Dorme.*
4097. Collectif — *«Parce que c'était lui, parce-que c'était moi».*
4098. Anonyme — *Saga de Gísli Súrsson.*
4099. Truman Capote — *Monsieur Maléfique* et autres nouvelles.
4100. E.M. Cioran — *Ébauches de vertige.*
4101. Salvador Dali — *Les moustaches radar.*
4102. Chester Himes — *Le fantôme de Rufus Jones* et autres nouvelles.
4103. Pablo Neruda — *La solitude lumineuse.*
4104. Antoine de St-Exupéry — *Lettre à un otage.*
4105. Anton Tchekhov — *Une banale histoire.*
4106. Honoré de Balzac — *L'Auberge rouge.*
4107. George Sand — *Consuelo I.*
4108. George Sand — *Consuelo II.*
4109. André Malraux — *Lazare.*
4110 Cyrano de Bergerac — *L'autre monde.*
4111 Alessandro Baricco — *Sans sang.*
4112 Didier Daeninckx — *Raconteur d'histoires.*
4113 André Gide — *Le Ramier.*
4114. Richard Millet — *Le renard dans le nom*
4115. Susan Minot — *Extase.*
4116. Nathalie Rheims — *Les fleurs du silence.*
4117. Manuel Rivas — *La langue des papillons.*
4118. Daniel Rondeau — *Istanbul.*
4119. Dominique Sigaud — *De chape et de plomb.*
4120. Philippe Sollers — *L'Étoile des amants.*
4121. Jacques Tournier — *À l'intérieur du chien.*
4122. Gabriel Sénac de Meilhan — *L'Émigré.*
4123. Honoré de Balzac — *Le Lys dans la vallée.*
4124. Lawrence Durrell — *Le Carnet noir.*
4125. Félicien Marceau — *La grande fille.*
4126. Chantal Pelletier — *La visite.*
4127. Boris Schreiber — *La douceur du sang.*
4128. Angelo Rinaldi — *Tout ce que je sais de Marie.*
4129. Pierre Assouline — *État limite.*
4130. Élisabeth Barillé — *Exaucez-nous.*

4131. Frédéric Beigbeder *Windows on the World.*
4132. Philippe Delerm *Un été pour mémoire.*
4133. Colette Fellous *Avenue de France.*
4134. Christian Garcin *Du bruit dans les arbres.*
4135. Fleur Jaeggy *Les années bienheureuses du châtiment.*
4136. Chateaubriand *Itinéraire de Paris à Jerusalem.*
4137. Pascal Quignard *Sur le jadis. Dernier royaume, II.*
4138. Pascal Quignard *Abîmes. Dernier Royaume, III.*
4139. Michel Schneider *Morts imaginaires.*
4140. Zeruya Shalev *Vie amoureuse.*
4141. Frédéric Vitoux *La vie de Céline.*
4142. Fédor Dostoïevski *Les Pauvres Gens.*
4143. Ray Bradbury *Meurtres en douceur.*
4144. Carlos Castaneda *Stopper-le-monde.*
4145. Confucius *Entretiens.*
4146. Didier Daeninckx *Ceinture rouge.*
4147. William Faulkner *Le Caïd.*
4148. Gandhi *La voie de la non-violence.*
4149. Guy de Maupassant *Le Verrou et autres contes grivois.*
4150. D. A. F. de Sade *La Philosophie dans le boudoir.*
4151. Italo Svevo *L'assassinat de la Via Belpoggio.*
4152. Laurence Cossé *Le 31 du mois d'août.*
4153. Benoît Duteurtre *Service clientèle.*
4154. Christine Jordis *Bali, Java, en rêvant.*
4155. Milan Kundera *L'ignorance.*
4156. Jean-Marie Laclavetine *Train de vies.*
4157. Paolo Lins *La Cité de Dieu.*
4158. Ian McEwan *Expiation.*
4159. Pierre Péju *La vie courante.*
4160. Michael Turner *Le Poème pornographe.*
4161. Mario Vargas Llosa *Le Paradis — un peu plus loin.*
4162. Martin Amis *Expérience.*
4163. Pierre-Autun Grenier *Les radis bleus.*
4164. Isaac Babel *Mes premiers honoraires.*
4165. Michel Braudeau *Retour à Miranda.*
4166. Tracy Chevalier *La Dame à la Licorne.*
4167. Marie Darrieussecq *White.*
4168. Carlos Fuentes *L'instinct d'Iñez.*
4169. Joanne Harris *Voleurs de plage.*

4170. Régis Jauffret — *univers, univers.*
4171. Philippe Labro — *Un Américain peu tranquille.*
4172. Ludmila Oulitskaïa — *Les pauvres parents.*
4173. Daniel Pennac — *Le dictateur et le hamac.*
4174. Alice Steinbach — *Un matin je suis partie.*
4175. Jules Verne — *Vingt mille lieues sous les mers.*
4176. Jules Verne — *Aventures du capitaine Hatteras.*
4177. Emily Brontë — *Hurlevent.*
4178. Philippe Djian — *Frictions.*
4179. Éric Fottorino — *Rochelle.*
4180. Christian Giudicelli — *Fragments tunisiens.*
4181. Serge Joncour — *U.V.*
4182. Philippe Le Guillou — *Livres des guerriers d'or.*
4183. David McNeil — *Quelques pas dans les pas d'un ange.*
4184. Patrick Modiano — *Accident nocturne.*
4185. Amos Oz — *Seule la mer.*
4186. Jean-Noël Pancrazi — *Tous s'est passé si vite.*
4187. Danièle Sallenave — *La vie fantôme.*
4188. Danièle Sallenave — *D'amour.*
4189. Philippe Sollers — *Illuminations.*
4190. Henry James — *La Source sacrée.*
4191. Collectif — *«Mourir pour toi».*
4192. Hans Christian Andersen — *L'elfe de la rose et autres contes du jardin.*
4193. Épictète — *De la liberté* précédé de *De la profession de Cynique.*
4194. Ernest Hemingway — *Histoire naturelle des morts* et autres nouvelles.
4195. Panaït Istrati — *Mes départs.*
4196. H. P. Lovecraft — *La peur qui rôde et autres nouvelles.*
4197. Stendhal — *Féder ou Le Mari d'argent.*
4198. Junichirô Tanizaki — *Le meurtre d'O-Tsuya.*
4199. Léon Tolstoï — *Le réveillon du jeune tsar et autres contes.*
4200. Oscar Wilde — *La Ballade de la geôle de Reading.*
4201. Collectif — *Témoins de Sartre.*

4202. Balzac — *Le Chef-d'œuvre inconnu.*
4203. George Sand — *François le Champi.*
4204. Constant — *Adolphe. Le Cahier rouge. Cécile.*
4205. Flaubert — *Salammbô.*
4206. Rudyard Kipling — *Kim.*
4207. Flaubert — *L'Éducation sentimentale.*
4208. Olivier Barrot/ Bernard Rapp — *Lettres anglaises.*
4209. Pierre Charras — *Dix-neuf secondes.*
4210. Raphaël Confiant — *La panse du chacal.*
4211 Erri De Luca — *Le contraire de un.*
4212. Philippe Delerm — *La sieste assassinée.*
4213. Angela Huth — *Amour et désolation.*
4214. Alexandre Jardin — *Les Coloriés.*
4215. Pierre Magnan — *Apprenti.*
4216. Arto Paasilinna — *Petits suicides entre amis.*
4217. Alix de Saint-André — *Ma Nanie,*
4218. Patrick Lapeyre — *L'homme-soeur.*
4219. Gérard de Nerval — *Les Filles du feu.*
4220. Anonyme — *La Chanson de Roland.*
4221. Maryse Condé — *Histoire de la femme cannibale.*
4222. Didier Daeninckx — *Main courante* et *Autres lieux.*
4223. Caroline Lamarche — *Carnets d'une soumise de province.*
4224. Alice McDermott — *L'arbre à sucettes.*
4225. Richard Millet — *Ma vie parmi les ombres.*
4226. Laure Murat — *Passage de l'Odéon.*
4227. Pierre Pelot — *C'est ainsi que les hommes vivent.*
4228. Nathalie Rheims — *L'ange de la dernière heure.*
4229. Gilles Rozier — *Un amour sans résistance.*
4230. Jean-Claude Rufin — *Globalia.*
4231. Dai Sijie — *Le complexe de Di.*
4232. Yasmina Traboulsi — *Les enfants de la Place.*
4233. Martin Winckler — *La Maladie de Sachs.*
4234. Cees Nooteboom — *Le matelot sans lèvres.*
4235. Alexandre Dumas — *Le Chevalier de Maison-Rouge*

Composition Interligne.
Impression Société Nouvelle Firmin-Didot
à Mesnil-sur-l'Estrée, le 2 août 2005.
Dépôt légal : août 2005.
Numéro d'imprimeur : 74890.

ISBN 2-07-030514-7/Imprimé en France.

132195